U0566233

屠岸译文集

美国诗选

[美]安妮·布雷兹特里特等 —— 著

屠 岸 —— 译

北方文艺出版社

图书在版编目（CIP）数据

美国诗选 / （美）安妮·布雷兹特里特特
(Anne Bradstreet) 等著；屠岸译 . —— 哈尔滨：北方
文艺出版社，2019.5
（屠岸译文集）
ISBN 978-7-5317-4455-9

Ⅰ.①美… Ⅱ.①安… ②屠… Ⅲ.①诗集 – 美国 –
近现代 Ⅳ.① I712.24

中国版本图书馆 CIP 数据核字 (2018) 第 279733 号

美国诗选
Meiguo Shixuan

作　者 / ［美］安妮·布雷兹特里特特等　　　　译　者 / 屠　岸

责任编辑 / 王　爽　王丽华　　　　　　　　封面设计 / 锦色书装

出版发行 / 北方文艺出版社　　　　　　　　邮　编 / 150080
发行电话 / （0451）85951921 85951915　　经　销 / 新华书店
地　址 / 哈尔滨市南岗区林兴街 3 号　　　　网　址 / www.bfwy.com

印　刷 / 三河市龙大印装有限公司　　　　　开　本 / 880mm×1230mm　1/32
字　数 / 138 千　　　　　　　　　　　　　印　张 / 7
版　次 / 2019 年 5 月第 1 版　　　　　　　印　次 / 2019 年 5 月第 1 次印刷

书　号 / ISBN 978-7-5317-4455-9　　　　定　价 / 38.00 元

1948年，屠岸先生译的《鼓声》由青铜出版社出版，木刻作者为麦杆

崇高的美在夜莺的歌声中永不凋零

——《屠岸译文集》（八卷本）序

> 冷色的牧歌！
>
> 等老年摧毁了我们这一代，那时，
>
> 你将仍然是人类的朋友，并且
>
> 会遇到另一些哀愁，你会对人说：
>
> "美即是真，真即是美。"——这就是
>
> 你们在世上所知道、该知道的一切。

　　这是英国浪漫主义杰出诗人济慈的著名颂诗《希腊古瓮颂》中的最后几行。诗人在诗中以极大的热情赞颂了希腊古瓮崇高的美，并将这永恒而崇高的美与人性的真、生活的真结合在一起，使得美与真达到统一，永不凋零，而这正是诗的译者，诗人、翻译家、我亲爱的父亲屠岸先生一生的追求。在莎士比亚十四行诗中，诗人感叹时间摧毁一切的力量，痛惜生命的短暂和无常。但同时，诗人用生命的繁衍和诗歌的艺术来与冷酷的时间抗衡，歌咏了诗之美与生命之美必然战胜世间一切假恶丑的崇高境界。父亲正是以他对永恒之美的追求跨越了生命界限,实现了他生命的终极价值。可以说,父亲从他所翻译的诗歌中获得了灵感和力量,他的灵魂与原作的精神达到了高度的契合,而他的翻译也同时赋予了这些诗作以新的生命,让它们在我们这个古老的东方国度焕发出不灭的璀璨异彩。

一

早在 20 世纪 40 年代,父亲就开始了诗歌翻译的历程。他未曾读过英文专业,对英语的兴趣源自他对英语诗歌的热衷。按他的说法:"还没有学语法,就先学背英语诗歌。"那个时期,背诵、研读英语诗歌给他带来无尽的乐趣。太平洋战争爆发后,日本人进入上海英法租界,很多英美侨民被抓,他们家中的藏书流入旧书市场,父亲便常常去旧书市场"淘"原版书,英语诗歌作品成为他淘书的一大目标。惠特曼、莎士比亚、斯蒂文森的诗集便是他在旧书摊或旧书店中所获。

1940 年,父亲完成了他人生中第一首英语诗歌的翻译,那是英国诗人斯蒂文森的《安魂诗》,他用了五言和七言的旧体诗形式进行翻译。虽然这首译作当时并未发表,但他此时的翻译却带给他信心,开启了他诗歌翻译的道路。1941 年,父亲在上海的《中美日报》副刊《集纳》上发表了第一首译诗:美国诗人爱伦·坡的《安娜贝儿·俪》。1946 年,他开始给上海的《文汇报》副刊《笔会》

和《大公报》副刊《星期文艺》等报刊投稿，发表了他翻译的莎士比亚、彭斯、雪莱、惠特曼、里尔克、波德莱尔、普希金等多位诗人的作品。1948年11月，父亲在家人和友人的资助下自费出版了他的首部英诗汉译诗集——美国诗人惠特曼的《鼓声》。惠特曼是美国19世纪的大诗人，开创了美国的诗歌传统。《鼓声》中收入的52首诗作均为惠特曼在美国南北战争时期创作的诗篇。他在诗作中歌赞了林肯和他领导的北方军的胜利。这些诗作充满激昂而自由的格调，有一种豪放、洒脱的气质。那时的父亲风华正茂，极富朝气，一心向往自由和民主，惠特曼的正义与热情是与他当时的精神气质相呼应的。而出版惠特曼的《鼓声》，则是考虑到当时国内政治形势的需要。他原本打算出版自己的诗集，但这些诗篇中的所谓"小资情调"被朋友们认为不合当时的革命形势，于是他改变主意，出版了《鼓声》。他用惠特曼诗中所歌咏的北方喻指延安和西柏坡，南方喻指国民党南京政府。其中的政治寓意是隐晦的，但感情十分真诚。

惠特曼首创英语自由体诗，不讲究用韵，但并非没有节奏，且它的语言往往如汹涌的波涛，滚滚向前。父亲的翻译主要采用直译的方式，力求在诗句的气韵和节奏上体现原诗的风貌，语言自由洒脱、奔涌流泻。请看下面的诗句：

> 我们是两朵云，在上午也在下午，高高地追逐着；
> 我们是互相混合着的海洋——我们是那些快活的波浪
> 中的两个，相互在身上滚转而过，又相互濡湿；

我们是大气，透明的，能容受的，可透过的，不可透过的；

我们是雪、雨、寒冷、黑暗——我们是地母的各种产物和感召；

我们周游而又周游，最后我们回到家里——我们两个；

我们已经离开了一切，除了自由，一切，除了我们自己的喜悦。

这是《我们两个——我们被愚弄了多久》一诗中最后的诗行。诗人歌咏了与世界、自然和万物合为一体的自我，有一种清新、洒脱、自由的精神。不受格律限制的自由诗的形式与诗中表达的内容是相融合的。译诗保留了原诗的句子和语势，语句时而简洁短促，令人感到轻松活泼；时而冗长松散，带有悠然自在之气。

1943 年底，父亲从上海旧书店"古今书店"的年轻店主，后来成为他挚友的麦杆手中，获得了一本他非常喜爱的《莎士比亚十四行诗集》的英文原版书，这使得他后来翻译莎士比亚十四行诗的愿望得以实现。这本由夏洛蒂·斯托普斯编注的《莎士比亚十四行诗集》制作精美而小巧，注释详尽，由伦敦德拉莫尔出版社于 1904 年出版。父亲得到此书如获至宝。20 世纪 40 年代中期，他开始翻译这本《莎士比亚十四行诗集》。父亲说："一开始翻译，就为这些十四行诗的艺术所征服。"但莎士比亚生活的年代是在 16 世纪末、17 世纪初，那时的英语与现代英语仍有很多不同，翻译起来有不少语言上的困难。父亲找来其他注释本进行查阅比对，如克雷格编的牛津版《莎士比亚全集》一卷本（1926）。他还曾经写信求教于当时复旦大学的葛传槼教授，并得到他的指点。1948年《鼓声》出版时，莎士比亚十四行诗已经被翻译出了大部分。随着当时政治形势的发展，这部诗集的翻译工作停了下来。解放后，西方的作家作品被认为是资产阶级的文艺，不宜出版。直到1950年3月，父亲在一次登门向胡风先生约稿时被胡风先生问及现在正在做什么，父亲答曰，在翻译莎士比亚十四行诗，胡风先生说莎士比亚的诗是影响人类灵魂的，对今天和明天的读者都有用。胡风先生的话对父亲是巨大的鼓励，促使他译完了余下的全部诗稿。当年11月，中国第一部完整的《莎士比亚十四行诗集》由上海文化工作社出版。书中在每首十四行诗之后附有较详尽的译解，受到冯至先生的称赞。该译本在"文革"前多次再版。1964年，这个译本经全面修订之后给了上海文艺出版社（上海译文出版社前身），但未及出版，"文革"便开始了。"文革"期间，该译本以手抄本的形式在民间流传，很多人能够将其中的诗篇背诵出来。改革开放之后，上海译文出版社找到了这本莎翁十四行诗修订稿的原稿，经父亲再一次修订之后于1981年出版。此后，屠译《莎士比亚十四行诗集》又不断再版，形式也更加多样，有英汉对照版、插图版、线装版、手迹版等，累计印数达50余万册，成为名副其实的经典常销书，在读者中产生了广泛影响。

莎士比亚十四行诗与惠特曼的诗风完全不同，那是一种类似中国古典格律诗的英语格律体诗歌，共十四行，有严格的韵式和韵律。

父亲的翻译采用了卞之琳先生提出的"以顿代步，韵式依原诗""亦步亦趋"的原则。这里的"顿"指的是以汉语的二字组或三字组构成的汉语的自然节奏，"步"指的是英语诗歌中的"音步"。早在20世纪20年代，闻一多先生在探讨汉语新诗时提出了汉语节奏上的"音尺"概念，后来孙大雨先生又提出了"音组"。卞之琳先生将他们的概念发展了，提出用汉语的"顿"来代替英语诗歌中的"音步"，即"以顿代步"。他还提出了在翻译中要依原诗的韵式进行等行翻译，形成了完整的英语格律诗翻译原则。父亲对此非常认同，他曾与卞先生探讨"以顿代步"的翻译方法，并在其诗歌翻译中不遗余力地进行实践。请看十四行诗第 18 首的前两行：

Shall I / compare / thee to / a su / mmer's day ?
Thou art / more love / ly and / more tem / perate.

译文为：

我能否 / 把你 / 比作 / 夏季的 / 一天？
你可是 / 更加 / 可爱 / 更加 / 温婉。

英语十四行诗中一行有五个音步，这里用斜杠画出，每个音步中包含一轻一重两个音节，译文每行也分为五顿，准确地传达出原诗的节奏和韵律。在韵式方面，译诗也严格按照原诗 ababcdcdefefgg

的韵式进行翻译，以求全面表现原诗在形式上的风貌。这样的翻译在一些人看来或许过于苛求，会导致为了形式而削弱诗的神韵。而父亲的翻译能够较为灵活地运用汉语，在形式上做到与原诗契合的同时，亦十分注重译文的通顺和意思的明晰，在选词上也尽量在意境上贴合原诗的神韵。在父亲看来，译诗要达到与原诗在精神上的契合必须做到形神兼备，尽量做到在形式和内容上与原作统一。这样的翻译原则为国内不少成功的译家所采纳，比如杨德豫先生、黄杲炘先生等。卞之琳先生在他的文章中认为，父亲的翻译和杨德豫先生、飞白先生的翻译标志着"译诗艺术的成年"。

二

"文革"期间，父亲的翻译工作停滞了。直至改革开放的春风吹来，父亲的诗歌创作和诗歌翻译又开始焕发出新的活力。自 20 世纪 80 年代直至父亲远行，他先后完成了《济慈诗选》《英国历代诗歌选（上、下册）》《一个孩子的诗园》《我知道他存在——狄金森诗选》《莎士比亚诗歌全编》等译作，为中国的英语诗歌汉译增添了缤纷的异彩。

父亲与英国诗人济慈的最初结缘也是在 20 世纪 40 年代。他那时非常喜欢济慈的诗作，百读不厌，很多诗都能背出。当时他还翻译过《夜莺颂》，但可惜的是，译稿早已丢失。之所以对济慈的诗作情有独钟，是因为他和济慈都在 22 岁的年纪得了肺病，济慈因病在 25 岁早逝，而父亲也认为，当时治疗肺病没有特效药，自己恐怕也会有济慈那样不幸的命运。更为重要的是，他在思想和精神上与济慈有相近之处，那就是他们都崇尚美，要用美来对抗丑。因而，他时常"把济慈当作异国异代的冥中知己，好像超越了时空在生命和诗情上相遇"。"文革"期间父亲被下放五七干校，在精神压抑和思想苦闷时他就默默背诵济慈的诗篇，这成为他缓解精神压力的途径，使得他苦闷的情绪得到缓解。可以说，济慈的诗成为他那时的精神依托。改革开放之后，父亲又开始陆续翻译济慈的诗篇。1997—2000年，他用了三年的时间，完成了《济慈诗选》的翻译，了却了他一生的心愿。济慈的诗有多种体裁，要将这些不同体裁的诗作全部依原诗的形式进行翻译是需要极大功力的。比如，济慈的六大颂诗语言结构复杂，韵式变化多端，意象繁复而意境悠远。要将这样的诗篇以准确而畅达的语言译出，非得有深厚的英汉语言文化底蕴不可，而父亲的翻译则读来清新自然，全无生涩拗口之感，又兼有原诗的雅致与温润。请看《秋颂》的前几行：

> 雾霭的季节，果实圆熟的时令，
> 你跟催熟万类的太阳是密友；
> 同他合谋着怎样使藤蔓有幸
> 挂住累累果实绕茅檐攀走；
> 让苹果压弯农家苔绿的果树，
> 教每只水果都打心子里熟透。

平实自然的语言将秋天丰润的气息、诗人平和旷达的心态传达殆尽。该译本收入了济慈所有重要的诗篇，在当时和现在都是国内收入济慈诗篇最全的译本。在翻译的质量方面，该译著也得到了读者和翻译界的充分肯定，于 2001 年获得鲁迅文学奖翻译奖。

父亲在 20 世纪 40 年代除了翻译惠特曼和莎士比亚的诗作之外，还翻译了大量其他英语诗歌，尤其是英国诗歌，总共有四大本。但这些诗作一直未得出版的机会。"文革"中这些诗作在抄家时被抄走，父亲原以为这些凝结着他早年心血的译稿从此一去不返了。值得庆幸的是，这些诗稿经历了多年的磨难之后被退还给父亲。他欣喜若狂，开始考虑重新修订这些诗作，并将各个时期的英国诗歌补充完整。2001 年，我去英国诺丁汉大学访学，父亲嘱咐我关注英国诗歌的情况，并协助他收集有关英国历代诗人和诗歌的资料。我受父亲嘱托，尽我所能收集相关资料，在以前较少受国内学界和译界关注的女性诗歌、非传统主流诗歌、现当代诗歌和经典诗歌的近期动向等方面，替父亲找到一些资料。2001 年，我陪同父亲在欧洲游历期间，父亲也曾和我一起去诺丁汉大学的图书馆查阅资料。他得到这些资料之后即刻着手进行翻译。2007 年，父亲翻译的《英国历代诗歌选（上、下册）》由译林出版社出版。该诗集共收入 155 位诗人的 583 首诗作，上启英国中世纪民谣，下至英国 20 世纪晚期诗歌，收入英国诗歌篇目之多，涵盖英国各个时期诗作之全，选篇角度之丰富，可以说在国内各家英国诗歌选本中是首屈一指的。而这两卷本的《英国历代诗歌选》是父亲凭一己之力，历经半个多世纪的艰辛独自完成的。这些诗中的大部分从 20 世纪 40 年代起就陪伴着他，真可谓历尽风雨和磨难。在他编译这部煌煌译著的后期，我参与到书的编译工作中，直接见证了父亲对诗歌翻译的巨大热情和孜孜不倦、认真细致的态度。

20 世纪 80 年代初，母亲刚刚退休，又因病做了手术在家休养。父亲为了让母亲能在闲暇时精神有所寄托，便和母亲商量做一些力所能及的诗歌翻译工作。母亲也是诗歌爱好者，两人商量之后决定将斯蒂文森的《一个孩子的诗园》翻译成汉语。父亲初识《一个孩子的诗园》是在上海"孤岛"时期。有一天，他在旧书店见到这本英文版的洋装书，倾囊购得，爱不释手。诗中孩子天真而充满童趣的幻想和纯洁无瑕的美好情谊，使他与之产生了强烈的共鸣。从那时起，这本儿童诗就深深地印刻在他的脑海中。父亲一生对子女、对孩子倾注了无限的爱。他崇尚华兹华斯所说的"儿童乃是成人的父亲"，直至老年还保有一颗纯质的童心。此次幸得与母亲共同翻译这本诗集的机会，父亲每日下班回来都兴致盎然地修改母亲在日间译得的初稿。对孩子的爱、对诗歌的情，使他们每晚在一起度过了最为快乐的时光。这本诗集于 1982 年由人民文学出版社出版之后，父亲又陆续编译出版了《英美儿童诗一百首》《著名英美少儿诗选（六卷本）》等多部儿童诗集。

20 世纪 90 年代，方平先生主编《新莎士比亚全集》，他邀请父亲翻译其中的莎士比亚剧作《约翰王》和除《莎士比亚十四行诗集》《维纳斯与阿多尼》之外的其他莎士比亚诗作。《约翰王》由父亲独自完成，而莎士比亚的诗篇，父亲要我与他合作进行翻译，我翻译初稿，他来修改定稿。我珍惜这次难得的译诗机会。那时孩子刚刚出生，我就在孩子熟睡之后挑灯夜战。每周去看望父亲时就将这周翻译好的诗稿交给他，由他来进行修改和定稿。我译的初稿往往被父亲改得面目全非，不成样子。我惭愧不已，父亲却全然没有不满和失望，总是鼓励我继续译下去。就这样，经过近一年的努力，我们终于完成了译稿的任务。而就在我们这次合作翻译之后，父亲的心头又多了一个念想：将莎士比亚的诗歌全部翻译出来，将来出版莎翁诗全集。这个愿望在 2016 年得以实现。2015 年，北方文艺出版社来向父亲约稿，父亲提出可出版莎士比亚诗全集，得到出版社的大力支持。当时，只差《维纳斯与阿多尼》一部长篇叙事诗未翻译出来。父亲提出，此次仍由我来翻译初稿。这时的父亲已经近 93 岁高龄，但他仍然兴致勃勃地为我修改审定译稿。译稿最终获得父亲的肯定，使我一颗悬着的心落了地。2016 年，《莎士比亚诗歌全编（上、下卷）》由北方文艺出版社出版，完成了父亲晚年的一个心愿。

狄金森是与惠特曼齐名的美国诗人，但她的诗玄妙而晦涩，时而空灵俊秀，时而隐晦神秘，很多诗作至今读来仍如未解之谜。2013 年，中央编译出版社约父亲翻译美国 19 世纪女诗人狄金森的诗歌。父亲答应了，并要我来翻译。我们经过第一次翻译感到有些问题尚未解决，译稿不尽如人意。于是我们又在第一次译稿完成之后，进行了第二次全面修改和校订。其间，父亲的兴头始终未减。60 多年前，他翻译出版了美国 19 世纪大诗人惠特曼的诗集，如今我们又一起翻译出版了另一位美国 19 世纪重要诗人狄金森的诗集，我能感觉到，父亲心中是感到欣慰的。

三

对于翻译，父亲崇奉的是严复的"信、达、雅"三原则。而在这三项原则中，他认为"信"是中心，是第一要义，"达"和"雅"是两个侧面。"信"就是要忠实于原作的内容和精神；"达"就是要通顺、畅达，使读者能听懂、看懂；而"雅"指的是要在译作中体现原作的艺术风貌。没有"信"就谈不上"达""雅"，不"达"、不"雅"也就说不上"信"，因而，他主张全面求"信"，这是他总的翻译原则。

那么，怎样才能做到忠实于原作呢？父亲认为，在翻译时首先要准确、深入、全面地理解原文，探入原作的内里，如形象、情感、意境、气质、语调等，去把握原作的精神。在翻译过程中要对原作做一些分析研究，以便更好地了解原作。因而，父亲在每次翻译之后，译者序、译后记以及一些随翻译而写出的论文也就应运而生了。其次，他主张用通晓、畅达的现代汉语将原诗的内容和意境表现出来，同时注意吸收古典文言文和民歌方面的有益之处，将其化入自然的口语中。虽然他并不反对运用文言文或其他语言形式（如元散曲）来翻译外国诗歌，但他认为那样的语言过于"归化"，与原作的异域精神气质并不相合。他翻译的诗作大多语言自然晓畅，又不乏典雅含蓄之美。在译者方面，父亲借用了济慈的"客体感受力"这一诗歌创作美学概念来阐释译者与原作者的关系。"客体感受力"的英文原文是 negative capability，直译的话应该是"反面的能力"或"消极的能力"。而父亲认为，济慈所说的这个能力，是指诗人应该有一种把自己原有的一切抛开，全身心地投入他所吟咏的对象中去的能力，以此形成物我合一的状态来进入诗歌的创作实践。因而，他将这个术语译作"客体感受力"，并将这一诗歌创作美学创造性地运用到诗歌翻译当中，提出译者在翻译的过程中要处于"忘我"的状态，抛弃原有的思维定势，全身心沉浸到原作者的情绪和精神中去，感受原作者的一切，与他的灵魂相拥相抱。只有这样，译者的翻译才能把原作的精神实质用另一种语言传达出来。同时，要把原作的内容和精神传达出来，就要在诗歌的形式方面做到尽量忠实于原作，因为"信"必须体现在内容与形式的结合上。英语诗歌有多种形式和体裁，父亲在翻译时采用的是以汉语新格律诗译外国格律诗，以汉语自由诗译外国自由诗的策略。

父亲翻译的英语诗歌形式多样而富于变化。收入本译文集的诗篇仅在《济慈诗选》一册中就出现了颂诗、十四行诗、叙事诗、民谣、长篇故事诗等不同的体裁，而父亲的翻译无不依循原诗的格律和形式，同时又在此基础上对不同体裁和风格的诗作作灵活处理。19 世纪中后期的英语诗歌逐渐走出了传统的格律形式，出现了自由体诗。现当代诗歌在形式方面则更为灵活多变，内容也比传统英语诗歌更为复杂、难解和隐晦。收入本套译文集的还专门有儿童诗一册，其中的诗篇大多充满天真的童趣，音韵节奏活泼灵动，适合儿童的口吻和心理，也适宜于儿童朗读。在处理这些不同形式和风格的作品时，父亲亦能应对自如，在翻译中尽可能做到与原作达到形式和气质风格方面的双重契合。在翻译儿童诗时，他十分注重儿童的心理和语言表达口吻，比如，将"Independence"（意思为"独立"）译为"谁也管不着"；把"Escape at Bedtime"译为"该睡的时候溜了"，一个"溜"字，把孩子的心情表达得极为生动，活灵活现。

诗歌翻译永远是留有遗憾的艺术，但父亲总是尽力将这种遗憾减少到最小。译作出版之后，只要有再版的机会，他总要对译作进行不断改进。《莎士比亚十四行诗集》就经过了大大小小数次修改。在父亲看来，翻译工作永无止境。他不仅多次修改自己的译作，绝不放过任何可能的错误，而且热情扶持年轻的译者，对他们的翻译提出意见和建议，甚至亲自为他们修改译稿。对于各种不同的翻译方法和翻译路径，他认为只要译者态度是认真严肃的，他就予以接纳，他的心态是开放而宽容的。

父亲做诗歌翻译大多出于兴趣，年轻的时候尤其如此，但后来他感到了肩负的使命，这种使命感到了晚年愈加强烈。近年来，他多次为翻译工作进行呼吁，在很多场合提出翻译对推进人类文明，对促进各国之间的文化交流，对丰富甚至建构本民族的文化具有重要意义：没有翻译，我们就永远不会认识但丁、莎士比亚、塞万提斯……西方就永远不会知道中国的屈原、陶渊明、李白、杜甫……没有翻译就没有人类的文化交流和沟通，那样，各民族的文化就会被封闭在黑暗之中。因此，翻译成为人类文明进程中不可或缺的一个重要元素。这样的信念支撑着父亲走过了 70 多年的翻译生涯，从 20 世纪 40 年代到父亲远行，他的生命中始终有翻译陪伴。他将济慈诗中夜莺的歌声带给了我们，带给了这个世界，夜莺也将载着他去往那永恒的美的世界，让他与他钟爱的诗歌，与他的冥中知己永远不离不弃。

本套译文集收入了父亲 20 世纪 40 年代以来翻译的诗歌作品，以及莎士比亚的剧作《约翰王》。为了统一全套书的体例，原《鼓声》中的诗篇收入《美国诗选》中，其中的五幅插图和封面木刻及社标图因体例原因忍痛割爱。《英美儿童诗选》中除《一个孩子的诗园》之外的其他诗作此次为首次面世。父亲在 20 世纪 40 年代发表的其他语种的诗歌翻译作品，以及他将中文诗歌作品译成英文的译作，未收入本套译文集中。此外，父亲在 20 世纪 50 年代还翻译出版过的《诗歌工作在苏联》、南斯拉夫剧作家努希奇的《大臣夫人》等，也未收入本套译文集中。

感谢北方文艺出版社对出版本套译文集的全力支持！2017 年 7 月，当父亲和我表达出想编辑出版这部译文集时，北方文艺出版社即刻做出决定，表示同意出版，并派出了编辑着手开展工作，他们为此套译文集的出版付出了大量心血。在此，我们对宋玉成社长，王爽、王丽华等编辑表示衷心感谢！父亲生前已经确定本套译文集

的编目和编辑体例，但他未及见到书的出版便离开了我们！现在，

我们终于可以告慰他的在天之灵！

章 燕

2019 年 1 月 25 日

目　录

约翰·格林里夫·惠蒂叶
（John Greenleaf Whittier, 1807—1892）

埃德加·爱伦·坡（Edgar Allan Poe, 1809—1849）

亨利·戴维·梭罗（Henry David Thoreau, 1817—1862）

沃尔特·惠特曼（Walt Whitman, 1819—1892）

鼓　声

安妮·布雷兹特里特

（Anne Bradstreet，1612—1672）

安妮·布雷兹特里特，北美殖民地时期的女诗人。她于1650年在伦敦出版的诗集《最近在美洲出现的诗神》是北美洲人写的第一本诗集。

布雷兹特里特的父亲和丈夫先后当过马萨诸塞海湾殖民地的总督。由于她的社会地位，她的诗基本上是保守的。但她也能在诗中为妇女的才能辩护。有些诗带有个人情感，才气横溢，清澈明晰，富有逻辑性。

致亲爱的丈夫

如果两人曾合一，肯定是我和你。

如果有男人被妻子爱过，那是你。

如果有妻子因男人而幸福快乐，

那么女人们，看谁能跟我相比。

我珍视你的爱，胜过一矿矿黄金，

胜过东方的一切异宝奇珍。

我的爱是江河澎湃，永不枯干，

也不是因为你爱我，我要偿还。

你的爱如此深广，我无从报偿，

我祈祷上苍给予你千百种奖赏。

当我们活着，我们就坚持爱情，

这样，当我们不再活，就得到永生。

威廉·卡伦·布莱恩特

（William Cullen Bryant，1794—1878）

威廉·卡伦·布莱恩特是美国 19 世纪著名诗人、编辑，生于医生家庭，曾任《晚邮报》编辑。他早年便显露出非凡的诗才，诗作受到英国诗人华兹华斯的影响，具有浓厚的浪漫主义情调，语言自然、清新，风格静美和谐，常常以自然山水为吟咏的对象，借景生情，以抒发自己的情思和感想，开创了美国 19 世纪的浪漫主义诗风。《致水鸟》《黄堇香》等是他的名篇。《哦，无比俊俏的农家妹子》将天真纯洁的农家小姑娘置于自然的美景当中，人与自然浑然一体，达到精神的融合。

"哦，无比俊俏的农家妹子！"

哦，无比俊俏的农家妹子！
你的诞生地在林中浓荫里；
树隙的天空，绿色的树叶
是你初生时见到的一切。

童年时代，你漫游，嬉戏，
离不开这片林间的野地；
林野里种种美丽的景象
印在你心中，贮在你脸上。

林木和岩石间透出的曙色
正是你发丝上明暗的光泽；
你的脚步像轻风，真顽皮，
在绿叶丛中来去做游戏。

你的眼睛是灵泉，那从容、
静默的泉水反映着天空；

你的睫毛是香草，正俯视
小溪中自己青春的美姿。

没有人到过的幽邃深林
也不如你的心胸更清纯；
像这里充盈着宁静的气氛，
你心中是一片圣洁的和平。

拉尔夫·沃尔多·爱默生

（Ralph Waldo Emerson，1803—1882）

拉尔夫·沃尔多·爱默生是美国 19 世纪重要的哲学家、诗人、散文家。他生于牧师家庭，曾担任教职，后游历欧洲，受到浪漫主义、新柏拉图主义、东方神秘主义和康德哲学的影响，提出超验主义的思想，主张人通过直觉感悟达到个人精神与宇宙精神的合一，并通过大量的散文和讲演来宣扬这一观点。他的诗风格质朴，语言自然流畅，常以自然景物为歌咏对象，其中往往蕴涵深刻的寓意和哲理。《大山和小松鼠》就以大山与松鼠间充满童趣的对话，谈论了宏观事物与微观事物之间的辩证关系。

大山和小松鼠

有一座大山和一只小松鼠

争得脸红脖子粗，

大山笑话小松鼠"太小"，

小卷毛儿回答：

"你是大个儿，我当然知道，

可世上有这样那样的东西，

它们必须凑在一起

才能组成大家庭，

才有四季的运行。

我站在我的位置上，

从没把自己瞧不上。

如果说我的个子没你高，

你想变小还变不了，

也不像我那样敏捷活泼；

不过我并不否认你为我

准备了一条挺棒的小道。

本领各不同，各有各的招儿，
要说我背不动森林是实情，
可你连咬碎个核桃也干不成。"

亨利·沃兹沃斯·朗费罗

（Henry Wadsworth Longfellow，1807—1882）

　　亨利·沃兹沃斯·朗费罗，美国 19 世纪享有盛誉的诗人。他受英国和欧洲文化的影响很深，诗作中常流露出欧洲传统文化的因子，这成为他诗歌的一个特色。他的诗以抒情见长，具有浪漫的气息和民谣的节奏，韵律和谐优美，语言自然平易，感情真切。在诗中他常常以物寄情，借景物描写抒发他对人生的感慨和思考。《海华沙之歌》被认为是第一部印第安人的史诗。《孩子们》是他歌赞童心的名作。《箭与歌》是他脍炙人口的哲理诗。

孩子们

到我这儿来吧，孩子们！
我听见你们在嬉闹，
那些使我烦恼的问题
顿时云散烟消。

你们打开东面的窗户吧，
朝向升起的太阳，
那儿，思念是呢喃的燕子，
早晨的溪水流淌。

你们的心中有小鸟阳光，
思绪里有溪水流泻，
我的头脑里却只有秋风，
加上初降的霜雪。

啊！世界会变成什么样，
如果没有了新一代？

我们会害怕身后的荒漠——
比面前的黑暗更厉害。

正如树叶把阳光和空气
当养料给森林带来，
树叶甜嫩的汁液还没有
化为坚硬的木材。

儿童对世界也是这样；
世界凭儿童而感受
明亮灿烂的光热，远胜过
树干承受的气候。

到我这儿来啊，孩子们！
贴耳朵悄悄告诉我：
在你们充满阳光的大气里
风和鸟唱的是什么。

我们的一切书本知识
和一切发明创造，
怎能比得上你们的爱抚，
你们的一脸甜笑？

你们胜过世界上曾经

说唱的一切歌谣；

你们是活的诗篇，而其他

全都是死的曲调。

箭与歌

我把一支箭向空中发射，
不知道它向何处坠落，
它飞得太快，我的眼睛
跟不上如此迅速的飞行。

我向空中唱出一支歌，
不知道它向何处坠落，
谁有这样敏锐的目光
能够跟得上歌声的飞翔？

很久很久以后，我见到
那箭在橡树上，依然完好；
那歌，我发现，从头到尾
藏在一位朋友的心里。

孩子们的时刻

在日光和黑暗交替之间，
夜幕开始降落，
一天的工作暂时停止，
这是孩子们的时刻。

我听见楼上房间里响着
嗒嗒的小小脚步声，
咿呀一声门儿打开，
一阵甜嫩的嗓音。

我从书房里借灯光见她们
沿大厅楼梯往下走——
阿丽丝沉静，阿蕾格拉笑着，
艾莉丝金发满头。

窃窃耳语，然后静悄悄：
从她们笑眼里我知道
她们在秘密策划着怎样

抓住我，让我吓一跳。

楼梯口发出突然袭击，
大厅里开始强攻！
她们从三扇不设防的大门
进入我城堡的墙中！

爬上我椅子的靠背和扶手，
直登上我的楼台，
我想要逃走，被她们包围，
她们无处不在。

她们用亲吻几乎吞了我，
用胳臂把我缠绕，
我想起莱茵河上鼠塔里
那位宾根主教！①

蓝眼睛强盗啊，你们真以为
自己爬过了墙头，
像我这样的胡子老人
就不是你们的对手！

---

① 据传说，公元 10 世纪，德国莱茵河畔小镇宾根的主教哈陀因故意烧死一群要求施舍的饥民而受到上天的惩罚，在莱茵河中绿岛上的鼠塔里被一群老鼠咬死。这里诗人形容自己被孩子们抱住拼命亲吻，仿佛哈陀被老鼠吞食。

我很快把你们锁进堡垒，
决不让你们离去，
更要把你们打入监牢——
在我的心灵深处。

我将在那里把你们守住，
永远守住，永远，
直到城堡坍塌成废墟，
化作灰尘一片！

家

心儿啊，快留在家里，得安宁；
最最幸福的是爱家的心，
那些流浪人云游四方，
不知道到处有烦恼忧伤，
只有家里最温馨。

劳累，乡愁，充满不幸，
他们走南闯北忙不停，
挫折，失败，不断袭来，
刮得他们东倒西歪，
只有家里最温馨。

心儿啊，就留在家里，得安宁；
小鸟要安全只有在巢中：
天上有一只老鹰在盘旋，
对一切拍翅的雏鸟垂涎，
只有家里最温馨。

（屠笛、屠岸译）

约翰·格林里夫·惠蒂叶

（John Greenleaf Whittier，1807—1892）

约翰·格林里夫·惠蒂叶，美国诗人。他的诗揭露奴隶主的暴行和黑奴的悲惨命运，也歌颂普通劳动人民和新英格兰的农村生活。《赤脚男孩》是他的名篇之一。

赤脚男孩

祝福你啊，小小年纪，
赤脚男孩，晒黑的面皮！
穿一条马裤，卷边的裤脚，
口哨轻吹，欢快的曲调；
嘴唇红红，尝过了山中
生长的草莓，变得更红；
透过风度潇洒的破帽檐，
阳光照上了你的孩子脸；
我衷心祝愿你满心欢快——
我也曾一度是赤脚男孩！
你是王子——长大的成人
只是共和政体的公民。
让百万富翁纵横驰骋！
赤脚孩，你在他身旁行进，
通过你的眼睛和耳朵
你得到的远比他买到的多——
户外的阳光，内心的欢爱。

祝福你啊，赤脚男孩！

无忧无虑啊，游戏的童年，
一觉醒来是欢笑的白天，
身体健，谁管医生的律条，
知识多，不是从课堂里学到，
知道野蜂追逐在早上，
知道野花在哪里开放；
禽鸟怎样飞翔，森林里
各种鸟类有什么脾气；
乌龟怎样背负着甲壳，
土拨鼠怎样把洞穴挖好，
鼹鼠又怎样挖通地道；
知更鸟怎样喂养子女，
黄鹂怎样修筑巢居；
白色百合花在哪里开放，
新鲜的浆果在哪里生长，
哪里伸展着野豆的藤蔓，
哪里闪亮着野生的葡萄串；
知道黑马蜂熟练的技巧，
能用黏土来构筑蜂巢，
灰色大黄蜂是营造专家，
有着一整套建筑规划！
躲过了作业，避开了书本，

大自然回答了所有的提问；
他跟大自然手拉手行进，
他跟大自然面对面谈论，
分享大自然的欢乐情怀——
多么幸福啊，赤脚男孩！

啊，童年时代的六月，
一年的花季这时候集结，
我听到、看到的一切都在
等着我（他们的主人）到来。
我拥有多少鲜花和树丛，
歌唱的小鸟，嗡嗡的蜜蜂；
多好玩啊，松鼠在游戏，
尖嘴的鼹鼠勤奋地挖地；
紫色的黑莓供我品尝，
窜出了石崖，越过了篱墙；
欢笑的溪水使我喜悦，
日日夜夜流淌不歇；
在花园墙边悄悄低语，
从落差到落差向我倾诉；
我有镶沙的狗鱼池塘，
我有胡桃树在那边斜坡上，
我有仙乡果园的苹果
在果树弯弯的枝上挂着！

我的眼界越来越开阔，
我的财富也越来越多；
我见到、了解的整个世界
像中国玩具组合成一台
造出来给一个赤脚男孩！

哦，节日里有美味佳肴，
像我的碗里有牛奶面包，
白镴的汤匙，木头的碗，
在门前青灰的铺石上用餐！
在我的上空，像豪华锦帐，
霞光四射，落日辉煌，
紫幕垂挂，镶着金边，
风卷云霓，百褶连环；
这时候来了阵阵乐声，
是青蛙乐队开始奏鸣；
为了照亮喧闹的歌班，
萤火虫点起了灯光闪闪。
我是君王：欢乐和气派
全都侍奉着赤脚男孩！

那么，孩子，趁着童年，
愉快地生活，常开笑颜！
虽然石头坡嶙峋难爬，

新割的草地布满尖茬，
可每个早晨会领你去经历
滴滴露水的新鲜洗礼；
每个傍晚有凉风吹拂，
从你的脚边送走炎热：
一眨眼工夫你这双赤脚
将藏进体面的鞋子监牢，
不能在草地上自由来去，
像钉上铁蹄干活的马驹，
要在磨坊里踏步劳动，
转来转去不停地做工。
但愿这一双脚丫的踪迹
不会印上禁区的土地；
但愿这双脚不会陷进
蒙人的流沙，罪恶的陷阱。
啊，要珍惜你幸福还在，
可幸福难再啊，赤脚男孩！

埃德加·爱伦·坡

（Edgar Allan Poe，1809—1849）

埃德加·爱伦·坡，美国 19 世纪诗人、短篇小说家、批评家。他的诗歌风格独特，带有某种悲观、凄婉的情绪，但又富于浪漫色彩。在富于神秘气息的唯美意蕴中他的诗又体现出强烈的象征性，诗中充满幻想，也不乏对超凡脱俗的虚幻之美的留恋，表现出一种唯美主义的色彩，被认为是 19 世纪末法国象征主义的源头。在形式方面他注重诗歌的美感和音乐性。诗作有《诗集》《乌鸦和其他诗》等。《安娜贝儿·俪》描写了少女的死亡与爱之美，是他不朽的名篇。

安娜贝儿·俪

那是在许多、许多年以前，
在一个滨海的王国里，
居住着一个女孩，你可能知道
她的名字叫安娜贝儿·俪；
这个女孩活着没别的思念，
只有爱我，被我爱，永不分离。
她是个孩子，我也是个孩子，
在这个滨海的王国里。
可我们以超越爱情的爱相爱着，
我和我的安娜贝儿·俪；
这样地相爱，使天上插翅的天使
对她和我心存妒忌。

正因为这样，长久以前，
在这个滨海的王国里，
一阵风从云端吹来，吹凉了
我的美丽的安娜贝儿·俪；
于是她家高贵的亲属前来，

把她带走，从我这里，
把她幽闭在一座石墓中，
在这个滨海的王国里。

天上并不怎样快活的天使们
对她和我心存妒忌。
是的，这就是缘由（人人都知道，
在这个滨海的王国里），
一阵风在夜里从云端吹来，
凉死了我的安娜贝儿·俪。

可是我们的爱情远胜过他们的——
尽管他们比我们年长，
尽管他们比我们有智慧——
无论天使们飞翔在天上，
或是魔鬼们潜游在海底，
都不能使我和美丽的安娜贝儿·俪
两个紧系的灵魂分离。

月亮光华涌，总带给我以梦，
梦见美丽的安娜贝儿·俪；
星星升夜空，总使我看见双瞳，
来自美丽的安娜贝儿·俪；
这样，从天黑到天亮，我躺在海滩上——

紧挨着我的爱，我的生命，我的新娘，

在她的滨海的石窟坟墓里，

在澎湃喧响的海畔的坟墓里。

亨利·戴维·梭罗

（Henry David Thoreau，1817—1862）

亨利·戴维·梭罗，美国著名散文家和诗人。他崇尚自由，反对蓄奴制，亲自帮助黑奴逃离羁绊。他主张返璞归真，接近自然，不应追求物质文明的发达，以免丧失人作为万物之灵长的崇高地位。他以散文著称，《瓦尔登湖》是他的散文代表作。生前受到冷落，直到20世纪三四十年代，他的诗歌的价值才被重新认识。当年爱默生认为他只擅长散文，不擅写诗。其实他的诗不属于过去，而属于现在。与狄金森相似，他作为诗人是20世纪的前驱。

自　然

啊，自然！我并不企盼
成为你歌队里至尊的一员——
做一颗天上璀璨的流星
或在高空中漫游的彗星；
我只想做一缕柔和的轻风，
穿梭在河畔的芦苇丛中；
告诉我你最僻静的地方，
让我的气息在那里飘荡。

来到僻静幽静的草地，
我倚着芦苇轻轻地叹息，
来到树叶沙沙的森林，
我悄声低语来迎接黄昏，
让我为你做一些事情，
只要——我能够跟你亲近！

我宁愿生活在荒野丛林，

做你的孩子，做你的学生，
也不愿去做人间的皇帝，
或不折不扣的忧患的奴隶；
我愿享有你黎明的刹那，
放弃城市中寂寞的年华。

沃尔特·惠特曼

（Walt Whitman，1819—1892）

　　沃尔特·惠特曼，美国 19 世纪著名诗人、人文主义者，创造了诗歌的自由体，其代表作品是《草叶集》。1855 年，《草叶集》第一版出版，收入诗作 12 首。后《草叶集》多次再版，每次再版都收入惠特曼新创作的诗篇。1892 年出版了《草叶集》第九版，也是最后一版，共收入诗作 383 首。惠特曼在诗歌形式和内容方面被认为开创了美国的诗歌传统，被称作美国的"诗歌之父"。美国南北战争期间，惠特曼作为一个坚定的民主战士，显示了他深刻的人道主义本色。自由与民主是其一生的追求。本书所选的惠特曼诗篇均出自屠岸 1948 年翻译出版的《鼓声》。

鼓 声

有一个孩子向前走去

有一个孩子逐日向前走去；

他看见最初的东西，他就倾向那东西；

于是那东西就变成了他的一部分，在那一天，或在那一天的某一部分，或继续了好几年，或好几年结成的伸展着的好几个时代。

早开的紫丁香变成了这孩子的一部分，

还有草，白色和红色的牵牛花，白色和红色的苜蓿花，和斐比霸鹟鸟的歌，

还有三月里的羔羊，母猪生的一胎淡红色的柔弱的小猪，母马生的小马，母牛生的小牛，

还有在棚里的，或者在池边的泥沼旁的一胎喧噪的小动物，

还有鱼儿，把自己有趣地悬在水中——和美丽的有趣的

流水，

　　还有水生植物，生着优美的平顶——这一切都变成了他的一部分。

　　四月和五月的田里的嫩芽变成了他的一部分；

　　冬谷的苗，淡黄的谷的苗，园中供食用的植物的根，

　　还有开满了花朵的苹果树，接着是苹果，浆果，和路边最普通的莠草；

　　还有年老的酒醉者，方才从酒店的外屋起身，蹒跚地回家，

　　还有女教师，在路上向学校走去，

　　还有和睦的男孩子们，在路上——和吵架的男孩子们，

　　还有整齐的、面颊红喷喷的女孩子们——和赤脚的黑种的男孩和女孩，

　　还有他曾到过的一切城市和乡村的一切变动。

　　他自己的双亲，

　　保护他的父亲，和在肚子里孕育而诞生了他的母亲，

　　他们自己所给予这孩子的，比之上面那些更多；

　　此后他们每天都有东西给予这孩子——他们变成了他的一部分。

　　母亲，在家中，静悄悄地把菜盆子放在晚餐桌上；

　　母亲，说着温和的话——把孩子的帽子和衣服弄干净，

　有健康的气息从她的身上和衣服上散出来，当她走过的时候，

父亲，强健的，自足的，男子气的，卑劣的，易怒的，不公平的；

鞭打，急促而高声的话，严厉的契约，狡猾的诱引，

家庭的习俗，言语，交际，家具——渴念着的、膨胀着的心，

不会被否定的爱情——对于真实的事物的感觉——唯恐最后会证实它为不真的顾虑，

白天的怀疑和夜晚的怀疑——那古怪的究竟和怎样，

那事物虽然表现着如此，但究竟是否如此，或者，那是否全是光和点？

在街道上紧紧地挤着的男人和女人——假使他们不是光和点，他们是什么？

那街道本身，房屋的正面，窗中的货物，

车辆，拉车的联兽①，铺着厚板的码头——摆渡处的巨阔的水面，

日落时远远地看得见的、高原上的村庄——流过其间的河道。

阴影，光圈，和烟霞，落在白色或棕色的屋顶和屋翼上的光，离这儿三里路远，

附近的纵帆船，瞌睡地随着潮水流下——在尾部松弛地曳着纤绳的小船，

匆忙地向前滚旋着的波涛，转眼就迸散的浪峰，拍击着，

层层的彩云，栗色的长条，独自孤零零地在远处——一

---

① 联兽，原文作 team，系羁于一辆车子上的两头或两头以上的马或驴或骡或牛。

动不动地躺在其中的纯洁性扩散开来，

　　地平线的际极，飞着的海鸥，咸水沼和岸边湿泥的香气；

　　这些都变成了那孩子的一部分，而他，又逐日向前走去，他现在还在走，而且要永远地逐日向前走去。

（1855 年）

更进一步

　　谁去得最远？看啊！我不是去得更远？

　　谁是公正的？我将是世界上最公正的人；

　　谁是最谨慎的？我将更谨慎；

　　谁是最快乐的？我想那正是我！我想从没有人会比我更
快乐了；

　　谁浪费了一切？我不断地浪费着我所有的最好的东西；

　　谁是最坚定的？我将更坚定；

　　谁是最骄傲的？我想我有理由做活着的人子中之最骄傲
者——我是健壮的、高顶的城市中的人子；

　　谁是大胆而忠实的？我将是天地间最大胆最忠实的人；

　　谁是仁慈的？我将比别的一切人献出更多的仁慈；

　　谁曾经放射出美丽的言词，经历了最悠久的时间？我不
是赛过了他吗？我没有说出那将伸展过更悠久的时间的言
词吗？

　　谁曾经接受多数的朋友的爱？我知道去接受许多朋友的
热烈的爱是什么味儿；

　　谁有一个完美的、被迷醉了的身体？我不相信谁有一个

比我的身体更完美或更被迷醉了的身体；

　　谁萌生着最丰美的思想？我将围绕这样的思想；

　　谁创造过适宜于地球的颂诗？我正疯狂于吞食狂欢，以便创造快活的颂诗给全地球！

（1856 年）

给异邦

我想说你们要求一些东西来说明新大陆这个谜，

来给亚美利加以定义，给她竞技的德谟克拉西① 以定义；

所以我就把我的诗送还给你们，因为你们可以从其中看

到你们所要知道的东西。

（1860 年）

---

① democracy 的音译，即民主。

我听见亚美利加在歌唱

我听见亚美利加在歌唱，我听见各种不同的颂歌；

每个机械工人唱着那正应该是他自己的活泼而有力的歌；

木匠在量他的厚板或横梁的时候唱着他的歌，

泥水匠在预备工作或做完了工作的时候唱着他的歌；

船夫在船上唱着属于他的歌，擦甲板的也在轮船的甲板上唱；

鞋匠坐在他的长凳上唱，帽匠站着唱；

伐木人的歌，耕田孩子的歌，在早晨赶路的时候唱，或者在中午歇脚的时候唱，或者在日落的时候唱；

母亲的美好的歌声，或是忙碌的年轻的妻子的歌声，或是在缝纫或洗衣的女孩的歌声；

每一个人唱着属于他或她而不属于别人的歌；

在白天，唱着属于白天的歌——在夜晚，那强健的、友善的年轻人的集团，

张开嘴巴唱着他们的强烈而又和谐的歌。

（1860 年）

将来的诗人们啊

将来的诗人们啊！将来的演说家们，歌手们，音乐家们啊！

今天人们不能为我辩白，不能回答这问题：我的存在到底是为了什么；

然而你们，一群新的雏儿，本土的，刚勇的，大陆的，比以前所知名的人更伟大，

醒来！醒来——因为你们必须为我辩白——你们必须回答。

我自己不过为将来写出了一两个直陈的词语，

我不过前进了一会儿工夫，却只是匆忙地转进黑暗中去而已。

我是这样一个人，向前漫游着，从来不完全停下，偶然向你看一看，然后转过了面孔，

把它留给你们来证明它，给它定义，

希望从你们得到主要的东西。

（1860 年）

给　你

陌生人！假使你在路过时遇见我，并且希望对我说话，为什么你不能对我说话呢？

而且为什么我也不能对你说话呢？

（1860 年）

我们两个——我们被愚弄了多久

我们两个——我们被愚弄了多久!

现在变质了,我们飞快地逃走,像大自然逃走一样;

我们是大自然——我们缺席了好久,但是现在我们回来了;

我们变成植物,树叶,叶簇,树根,树皮;

我们铺陈在地上——我们是岩石;

我们是橡树——我们在旷野上并肩生长;

我们吃嫩叶——我们是野兽群中的两只,和任何野兽一样,是自生自长的;

我们是两条鱼,在海洋中一同游泳着;

我们是刺槐树的花朵——我们朝朝暮暮地流溢出香气,绕在巷子周围;

我们也是矿物、植物、动物身上的劣等的菌类;

我们是两只食肉的鹰——我们在高空飞翔,又向下窥伺;

我们是两颗辉煌的恒星——平衡自己成球体和星形的正是我们——我们像两颗彗星;

我们带着尖利的牙齿和四条腿在林中夜巡——我们扑上去捕捉小动物;

我们是两朵云，在上午也在下午，高高地追逐着；

我们是互相混合着的海洋——我们是那些快活的波浪中的两个，相互在身上滚转而过，又互相濡湿；

我们是大气，透明的，能容受的，可透过的，不可透过的；

我们是雪，雨，寒冷，黑暗——我们是地母的各种产物和感召；

我们周游而又周游，最后我们回到家里——我们两个；

我们已经离开了一切，除了自由，一切，除了我们自己的喜悦。

（1860 年）

像亚当那样，在一天清早

像亚当那样，在一天清早，

精神已由睡眠恢复，从屋子里走出来；

你看我走过吧——听我的声音吧——走近来吧，

抚触我吧——当我走过的时候，把你的手掌触到我的身

体吧；

不要怕我的身体。

（1860 年）

一支歌①

一

来，我将使这大陆凝固，
我要创造自古以来在太阳照射之下的最辉煌的民族，
我要创造神圣的有磁力的土地，
用同志们的爱；
用同志们的整个一生的爱。

二

我要种植像森林一样密的友谊，在亚美利加的一切河流
旁边，在整个大草原上，
我要建造那些互相用手臂勾住了颈项而分不开的城市，
用同志们的爱，
用同志们的丈夫气概的爱。

三

为了你，我呈献了这些，哦，德谟克拉西，用来供奉你，

---

① 这首诗有不同的版本，通常所见的题作《为了你，哦，德谟克拉西》（按"德谟克拉西"通译"民主"），而少最后两行。

ma femme！ ①

为了你，为了你，我正在震颤地唱着这些歌，

浴着同志们的爱，

浴着同志们的楼塔一样高的爱。

（1860 年）

---

① 此系法文，意为"我的女人！"

给一个不相识者

　　过路的不相识者！你不知道我在怎样渴望地向你熟视，

　　你一定是我从前所追寻的他，或我从前所追寻的她，（这对于我，好像是在一个梦里）

　　我的确曾经在什么地方和你度过愉快的生活，

　　一切都回忆起来了，当我们从前各自飞翔的时候，那么流动，亲爱，纯洁，成熟，

　　你在我身边长大起来，曾经是我身边的一个男孩，是我身边的一个女孩，

　　我和你同食，和你同睡——你的身体已经变得不属于你个人了，也不让我的身体属于我个人了，

　　你给我以你的眼睛、面孔、肌肤的愉快，当我们行进的时候——你也从我的胡须、胸膛和手得到回偿，

　　我并不要和你谈话——我要想念你，当我孤独地坐着，或孤独地在夜里醒来的时候，

　　我要等待——我不怀疑我要和你再相遇，

　　我要证明我并没有失掉你。

　　　　　　　　　　　　　　　　　　　　　（1860 年）

我听见有人控告我

我听见有人控告我，说我想毁灭制度；

但事实上我既不赞成也不反对制度；

（其实我跟制度有什么共通的地方？——跟制度的毁灭
又有什么关系？）

我只要在曼赫顿，在合众国的一切内地和沿海的城市中，

在旷原上，在森林中，在一切破浪而进的大小船只上，

不用大厦，章程，董事会，或任何纲领，

而建立起：热烈的同志爱这一个制度。

（1860 年）

我们两个孩子在一起依附着

我们两个孩子在一起依附着，

这一个永远不离开那一个，

在路上翻山越岭——向北方又向南方去旅行，

享受着力量——伸张着胳膊肘——紧扣着手指，

武装而无畏——吃着，饮着，眠着，爱着，

绝不承认在我们自己以下的法律——航行着，作战着，

偷窃着，威胁着，

教守财奴、贱人、教士吃惊——呼吸着空气，饮着水，

在草地上或海岸边舞蹈着，

扭伤着城市，轻蔑着安逸，藐视着纪念像，追击着弱点，

完成着我们的掠夺。

（1860年）

土地！我的化身！

土地！我的化身！

虽然看起来你是那么迟钝、广阔而又是球面的，

我现在怀疑那不是全部；

我现在怀疑你身体中一定有些凶猛的东西，在待机爆发

出来；

因为一位勇士迷恋着我——我也迷恋着他；

但是，向着他，我体内有些凶猛而可怕的东西，在待机

爆出来，

我不敢用言词把它说出来——连用这些歌儿来表达也不敢。

（1860 年）

我在梦里梦见

我在梦里梦见一个地球上别的一切力量所不能击倒的城；

我梦见那新的属于朋友们的城；

那儿，没有东西比雄健的爱的素质更伟大了——它领导着别的；

它，可以时时刻刻从那城中的人们的行动上被看出来，

并且可以在他们的一切容貌和言词上被看出来。

（1860 年）

紧靠地碇泊着的，永恒的，哦，爱！

紧靠地碇泊着的，永恒的，哦，爱！哦，我所爱的女人！

哦，新娘！哦，妻子！比我能说出的更不可抗拒的，对于你的思念！

——然后分离，如脱离了躯壳，或另一个生命，

如空气的，那最后的勇壮的真实，我的慰藉；

我上升——我漂浮在你的爱的疆域里，哦，人，

哦，我的放射的生命的分享者。

(1860 年)

给一个普通妓女

镇静些——跟我在一起不要不安——我是沃尔特·惠特曼，像大自然一样磊落，一样强壮；

除非太阳摈斥你，我才摈斥你；

除非流水拒绝为你闪烁，树叶拒绝为你细语，我的言词才拒绝为你闪烁而细语。

姑娘，我跟你订一个约——我命令你，你应该事先准备好使你值得迎接我，

我命令你，你应该忍耐而完整，直到我来。

直到那时候，我用含有深意的一望向你敬礼，叫你不要忘记我。

（1860年）

起程的船

看！这漫无边际的海！

在它的胸脯上有一只船在起程，在张起她所有的帆——

一只大船，连她的月帆也带着；

长旒高高地飘着，在她突进的时候，她那么庄严地突进

着——下面，竞争的波涛向前追逼，

波涛包围这只船，以发光的曲线的动作，和泡沫。

（1865 年）

开路者们！哦，开路者们！

一

来，我的面色黧黑的孩子们，

循着次序好好地跟来，准备好你们的武器；

你们有没有手枪？你们有没有锋利的斧头？

开路者们！哦，开路者们！

二

我们可不能停留在这里，

我们必须前进，亲爱的，我们必须抵挡危险的攻击，

我们，年轻而强壮的种族，一切别的种族都依靠着我们啊，

开路者们！哦，开路者们！

三

哦，你们年轻人，西方的年轻人，

这么急切，充满了活力，充满了男子气的骄傲和友爱，

我把你们看得很清楚，西方的年轻人，我看见你们在最

前线举步，

    开路者们！哦，开路者们！

四

    年老的种族已经止步了吗？

    他们是不是枯萎了，结束了他们的功课，疲倦了在海洋的彼岸？①

    我们担当起这不朽的工作，和这重负，和这功课，

    开路者们！哦，开路者们！

五

    我们把过去的一切留在后面；

    我们出发，朝着一个更新的、更强大的世界，和复杂的世界，

    我们把握，一个新鲜而壮大的世界，劳动和进步的世界，

    开路者们！哦，开路者们！

六

    我们派出从容的分遣队，

    跨下边界，穿过关口，爬上峻拔的山岭，

    征服，把握，冒险，挑战那未知的道路，当我们行进的时候，

    开路者们！哦，开路者们！

----

① 指欧洲旧大陆。

七

原始的森林，我们伐倒，

河流，我们逆溯，我们把一切激怒，矿坑的内部，我们

深入；

广阔的地面，我们测量，处女地，我们耕耘，

开路者们！哦，开路者们！

八

我们是科罗拉多人，

从巨大的山岗，从伟大的锯齿状山脉和高原，

从矿山，从溪谷，从猎人的足迹那里，我们到来，

开路者们！哦，开路者们！

九

来自内布拉斯加，来自阿肯色，

我们是中部内地的种族，来自密苏里，我们脉管里交流

着大陆的血液；

我们紧握着一切伙伴们的手，一切南方的，一切北方的，

开路者们！哦，开路者们！

十

哦，不息的、不息的种族！

哦，全是可爱的种族！我的胸口为了对一切人的温柔的爱而痛着！

哦，我悲哀而又欢跃——我由于对一切人的爱而发狂了，

开路者们！哦，开路者们！

十一

把这强有力的母亲国旗举起来，

高高地挥动这柔美的国旗，使她超越一切，这满是星星的国旗，（你们全都低下头来）

举起这锐利的、挑战的国旗，坚强的、泰然的、武器一样的国旗，

开路者们！哦，开路者们！

十二

瞧，我的孩子们，坚决的孩子们，

在我们后面的群众前，我们绝对不能屈服或动摇，

千百万幽灵般的过去的年代，在皱眉头，在我们背后鼓励着我们，

开路者们！哦，开路者们！

十三

前进再前进，这稠密的行列，

有继承者永远在等待着，死者的位置会立刻被填满的，

经历战争，经历失败，而仍旧前进，永远不停，

开路者们！哦，开路者们！

十四

哦，继续前进到死！

我们之中有谁将衰弱而死吗？这时候到来了没有？

那么我们在行进时死得最合宜，那空隙也会立刻而且一
定被填补的，

开路者们！哦，开路者们！

十五

世界上的一切脉搏，

在集合起来，它们为我们而跳动，跟着西方的行动而跳动；

单独地或共同地坚持着，坚定地移动着，到最前线去，
一切为了我们，

开路者们！哦，开路者们！

十六

生命的错综复杂的辉煌的行列，

一切形象和状态，一切在工作的人，

一切海上的人和陆上的人，一切带着奴隶的主人，

开路者们！哦，开路者们！

十七

一切不幸的、缄默的爱人，

一切在监狱里的犯人，一切正义的人和邪恶的人，

一切快乐的人，一切悲哀的人，一切活着的人，一切垂死
的人，

开路者们！哦，开路者们！

十八

我也连同着我的灵魂和肉体，

我们，一个奇怪的三部曲①，开凿着我们的路，在我们
的路上流浪着，

在阴影之中，带着紧逼来的幽灵，而经过了这些海岸，

开路者们！哦，开路者们！

十九

看！那怒射着的、碗状的恒星！

看！四面的兄弟星群！一切成群的恒星和行星，

一切炫眼的日子，一切神秘的夜晚，带着梦境，

---

① "我们，一个奇怪的三部曲"指上一行的我、我的灵魂、我的肉体。

开路者们！哦，开路者们！

二十

这些都属于我们，它们跟我们在一起，

一切为了初步的必需的工作，当未成熟的后承者们等待
在后面的时候，

我们领导着今日的行列，我们扫开用来行走的路径，

开路者们！哦，开路者们！

二十一

哦，你们西方的女儿们！

哦，你们年轻的和年长的女儿们！哦，你们母亲们和你
们妻子们！

你们绝对不能分开，在我们全体的行列中你们联合起来，

开路者们！哦，开路者们！

二十二

隐伏在草原上的歌手们！

（别的土地上的穿着尸衣的诗人们！你们可以睡觉
了——你们已经做完了你们的工作。）

我立刻就听见你们唱着歌前来，你们快起来在我们中间
一同举步，

开路者们！哦，开路者们！

二十三

不是为了甜蜜的欢乐；

不是为了坐褥和拖鞋，不是为了和平的和那勤学的；

不是为了安全的、令人生厌的财富，驯和的娱乐也不是为了我们的，

开路者们！哦，开路者们！

二十四

贪婪的酒宴者们在酒宴吗？

肥胖的睡眠者们在睡眠吗？他们有没有把门户上了锁并且上了闩？

依然让粗劣的饮食和就地的睡毯属于我们，

开路者们！哦，开路者们！

二十五

夜降临了没有？

近来，道路是不是令人疲惫的？我们有没有失去了勇气而停下来，在路上打盹？

然而我答允你们一小时的瞬间，在你们的路程上休息，不操心，

开路者们！哦，开路者们！

二十六

等到号筒的声音响了，

那老远、老远的黎明的召唤——听！多么响亮而清晰

呀，我听见它在吹；

快！到军队的前面去！——快！跃上你们的岗位，

开路者们！哦，开路者们！

（1865 年）

田园画

从平静的农家谷仓的开着的大门望出去，
一片阳光之下的牧场，牛马在吃着草，
雾霭，树列，遥远的地平线，消失在烟霞里。

（1865 年）

母亲和婴儿

我看见睡着的婴儿，在他母亲的怀中踡伏着；
睡着的母亲和婴儿——别吵，我研究着他们很久很久。

（1865 年）

鼙鼓声声 [1]

一

哦，歌儿啊，先来一个序曲，

我们城里的骄傲和喜悦，轻轻地在绷紧的鼓皮上敲出，

这座城的女护神领导人们向战争——她教人们以方法，

她带着轻快的手脚跃起，一分钟也不等；

（哦，宏大的城！哦，曼赫顿城，我自己的、无敌的城！

哦，你啊，在危急存亡的关头最坚强的城啊！哦，比钢

铁更坚贞的城啊！）

你跃起了！你用决断的手把和平的服装抛弃了；

你的歌剧音乐改变了，换了鼓和笛的声音了；

你领导一切向战争，（那将作为我们的序曲，战士

的歌）

曼赫顿城中的鼙鼓声声领导着一切。

---

[1] 这首诗在通常所见的版本中，不用这个题目，就用这首诗的第一行做题目，而"鼙鼓声声"则用作辑名。译者所根据的是"寰球文库"版本的《草叶集》。这首诗和下面若干首诗均系选自《鼙鼓声声》辑，它们是惠特曼在美国内战时期所写的。

二

我在这城中看见兵士的行列已经有四十年了；

四十年作为一个辉煌的行列——直到，不知不觉地，这拥挤而骚动的城市的女神，

不眠在她的船群中，和一幢幢屋子间，和计算不清的财产中，

带着她四周的千万个孩子——突然，

在死寂的夜间，南方的消息一到，

她就以紧握着的手激怒了、捶击了路面。

一个闪电的打击——但夜支持了它；

直到带着恶兆的喧噪，我们的蜂房倾注出了千万群众，在黎明。

于是，从房屋里，从工场上，跨出一切门户，

人们骚动地跃起了——看啊！曼赫顿城武装起来了。

三

跟着及时的鼓声，

青年们集合起来了，武装起来了；

机械工人武装起来了，（镘，粗铇，铁匠的锤，都被匆促地抛在一边了）

律师离开事务所，武装起来了——法官离开法庭；

车夫在街上遗弃他的运货马车，跳下来，突然把缰绳丢

在马背上；

店员离开柜台——工头，会计员，挑夫，都在离开原来的地方；

用共同的意志和手臂，一小队一小队地在各处集合了；

新兵们，连孩子都有——老人告诉他们怎样佩带配备——他们小心地扣好皮带；

在户外武装着——在户内武装着——毛瑟枪筒的闪光；

白色的篷帐在营地群集——四周有武装的哨兵——太阳升起时的大炮，也在日落时的大炮，

每天有武装的军团到来，穿过这城市，在码头上登轮；

（当他们流着汗，肩上搁着枪支，大踏步向河岸走去的时候，他们看起来多么善良啊！

我多爱他们啊！我多想拥抱他们啊，连同他们棕色的面庞，他们惹满尘埃的衣服和背囊！）

这城市的血液沸腾了——武装！武装！到处是这个呐喊；

旗帜跃出了，从教堂的尖顶上，从一切公共建筑上和仓库上；

眼泪纵横的离别——母亲吻儿子——儿子吻母亲；

（母亲是不愿分别的——但她不说一句话来挽留他；）

喧嚣的卫护者——警士的行列在前引导，肃清道路；

狂肆的热忱——群众对于所爱者的狂喜；

炮兵队——一尊尊沉默的大炮，黄金般闪光，被拉着向前，轻轻地碾过石面；

（沉默的大炮啊——立刻就要终止你们的沉默了！立刻，从前车上解了下来，就要开始那红色的事业了；）

一切的准备的声音——一切决定了的武装；

医院里的服务——外科用的亚麻布、绷带、药；

作志愿护士的女子——已经诚恳地开始工作了——现在不单单是兵士的行列了；

战争！一个武装的种族在行进！——迎接战争——决不转向；

战争！尽管它要几星期，几月，甚至几年——一个武装的种族已经在行进以迎接战争。

四

在行进的曼赫顿城！——哦，好好地歌唱它啊！

哦，那战地上的勇士生涯！

还有那刚强的炮兵队！

枪炮，闪亮如黄金——巨人的工作——好好伺候枪炮：

把它们解下来！不要像过去四十年似的，只对它们行礼和致敬；

除了火药和填弹塞外，现在再放些别的东西进去吧。

五

而你啊，船群中的女护神！你曼赫顿城！

这骄傲的、友善的、混乱的城市的年老的保姆啊！

在和平与富足中，你常是沉思着的，或者，在你所有的孩子群中隐蔽地皱着眉的；

但是现在，你因喜悦而微笑了，欢腾的老曼赫顿城啊！

（1865 年）

一八六一年

武装的年代啊！斗争的年代！

不把优雅的诗章或伤感的情诗献给你了，惊人的年代啊！

你不像哪一位坐在书桌边含糊地唱着柔弱的曲尾的苍白小诗人；

而是像一个直立的刚强的男子，穿着蓝制服，行进着，肩上揹着步枪，

有着骨骼发达的身体和太阳晒黑了的面孔和手——在腰带上挂着一把刀，

我听见你高声呼啸着——你的嘹亮的声音鸣响着越过大陆；

你的男性的声音，哦，年代啊，在一座座大城市中升起来，

在曼赫顿的人民中，我看见你在曼赫顿的居民之一的一个工人身上出现；

你或者大踏步地跨过伊利诺伊和印第安纳那边的大草原，迅速地用弹性的步伐跨过西部地方，又走下阿勒格尼山脉；

或者从大湖那边走下来，或者在宾夕法尼亚，或者在航行于俄亥俄的河里的船板上；

或者在田纳西或坎伯兰的河上向南航行，或者在查塔努

加的山顶上。

我看见你的步态，我看见你的强壮的四肢，穿着蓝制
服，带着武器，雄健的年代啊；

我听见你的坚决的声音，一次一次地掷向前去；

忽然用圆唇的大炮口歌唱起来了的年代啊，

我重复地说你，匆忙的、轰响的、懊丧的、纷乱的年代啊。

（1865 年）

敲啊！敲啊！鼙鼓！

一

敲啊！敲啊！鼙鼓！——吹啊！喇叭！吹啊！

你们该穿过窗——穿过门——要像无情的力量般爆发开来，

快冲进庄严的教堂里去，去赶散祈祷的群众；

快冲进那有学者在研究学问的学校里去；

别让新郎安静下来——现在他决不该跟他的新娘过快乐的生活；

农夫也不该有任何平静，不能再耕他的田，收他的谷；

你们鼓啊，要敲打得这样猛烈——你们喇叭啊，要吹得这样尖厉。

二

敲啊！敲啊！鼙鼓！——吹啊！喇叭！吹啊！

快越过城市与城市间的通衢——快越过街上车辆的辘辘；

屋中的床铺在夜间是不是已经为睡眠的人准备好了？谁都不许睡那些床；

白天也不准商人做买卖——不准掮客或投机者存在——
他们还要继续干下去吗？

谈话的人还要谈下去？歌手还企图唱歌吗？

律师预备在法庭上站起来向法官陈述案情吗？

那么鼓啊，敲得快些、重些吧——你们喇叭啊，吹得狂
些吧。

三

敲啊！敲啊！鼙鼓！——吹啊！喇叭！吹啊！

用不着谈判——别听了劝告就停下来；

别睬胆小鬼——别睬哭泣的人跟祈祷的人；

别睬那恳求青年的老人；

别让孩子的喊声跟娘的哀求被听见；

要使得架台都会把躺在那儿等候柩车的尸首摇震起来，

哦，你们可怕的鼓啊，要敲得这么重——你们喇叭啊，
要吹得这么响。

（1865 年）

满是船只的城市

满是船只的城市!

（哦，黑色的船只，哦，凶猛的船只!

哦，美丽的带有尖形船首的汽船和帆船!）

属于世界的城市!（因为这儿有一切的种族;

地球上所有的地域都有送到这儿来的呈献。）

属于海洋的城市!带有匆忙而灿烂的潮汐的城市!

有欢乐的潮汐不断地涌或退，带着旋涡和浪花呼啸着来和去的城市!

多的是码头和仓库的城市!多的是大理石和钢铁的建筑的城市!

骄傲而热情的城市!元气的、疯狂的、放诞的城市!

跳起来吧，哦，城市!不只为了和平，而真正地亲自作战吧!

别怕!不要低头于任何典范，除了你自己，哦，城市!

看我!化身为我吧，正如我已化身为你!

我从来没有拒绝你奉赠给我的一切——你所拣选的，我已经拣选了;

好或坏，我永不疑问你——我爱一切——我不责备任何
事物；

我歌唱并赞美属于你的一切——但不再是和平；

在和平时我歌唱和平，但现在战争的鼓是我的；

战争，红色的战争，是我的穿越你的市街的歌曲呀，
哦，城市！

（1865 年）

跨越浅津的骑兵队

　　一长列队伍，在翠绿的岛屿之间蜿蜒；

　　他们走着蛇形的路线——他们的武器在太阳下闪光——
听那音乐的铿锵之声啊；

　　看那银亮的川流啊——还有在河中激溅而进的马匹，徘
徊着，停下来喝水；

　　看那些褐色面孔的战士啊——每一个集团、每一个单位是
一幅画——一些疏慢的兵士睡在马鞍上；

　　有几个在对岸出现了——另一些刚刚跨下浅津——而，
猩红加蔚蓝加雪白，

　　那骑兵队的旗帜快活地在风中飘动着。

（1865 年）

山腰上的露营

我现在看见我面前有一队行军的士兵在停下来；

下面是一个肥沃的山谷，有夏季的果园和谷仓；

后面是一座山的台坛般的腰侧，有些地方陡然涌起，耸得很高；

断裂的，散着岩块，还有紧附着的杉柏，看起来是灰黑而高大；

许多营火远远近近地散布着，有几个在老远的山上；

战士和马匹的形体像影子，隐现着，面积很庞大，闪动着；

而笼罩一切的，是天空——天空！远，远到不可及的地方；撒出来了，突破出来了，那永恒的星星。

（1865 年）

行进的军团

先是一大簇斥候散兵在前进，

以及，时而一声孤零零的枪响，像鞭子的一抽，时而一阵不整齐的齐射声，

于是有密集的行列一步一步地逼向前去，有拥挤的旅团逼向前去；

黑压压地闪着光，在太阳下艰苦地前进着——那些沾满尘土的战士，

一队队依着地形的起伏而上升而下落，

其间散布着炮兵队——轮声隆隆，马儿淌汗，

而军团在行进着。

（1865 年）

在露营的断续的火焰边

在露营的断续的火焰边，

一个行列绕着我蜿蜒，庄严而甜蜜而徐缓——但最初我注意

那睡着军人们的营帐，那田野和树林的模糊的轮廓，

那被一点点熊熊的火光所照亮的黑暗——那静寂；

像一个幽灵，远远近近的，一个随时出现的形体，在动着；

那灌木丛和树丛，（当我抬起我的眼睛时，它们似乎在偷偷地注视着我）

而思念像行列般地蜿蜒，哦，柔和而奇妙的思念，

关于生和死——关于家和过去的事和被爱的人，以及对于那些遥远的事物的思念；

那里有一个庄严而缓慢的行列，当我坐在地上，

在露营的断续的火焰边。

（1865 年）

从田地里走过来啊，父亲

一

从田地里走过来啊，父亲，我们的彼得有信来了；

到前门口来啊，母亲——你亲爱的儿子有信来了。

二

看，现在正是秋天；

看，这里的树林，绿得更浓，更黄更红，

使俄亥俄州的村庄凉快而甜蜜，有树叶在和风中颤动；

这里，成熟的苹果挂在果园里，葡萄挂在交缠的藤枝上；

（你嗅到藤上葡萄的香味吗？

你嗅到荞麦味吗，那里近来常盘旋着嗡嗡的蜜蜂？）

驾乎一切之上，看，那天空，如此平静，雨后又如此透明，带着炫奇的云彩；

下面也一样，全是平静的，全是蓬勃而美丽的——而田禾繁茂地生长着。

三

那边田里的一切都繁茂地生长着；

不过现在，从田地里走过来啊，父亲——在女儿的唤声
中走过来；

到门口来啊，母亲——到门口来啊，快些。

她尽可能快地赶来——像有点恶兆——她的足步在发抖；

她来不及梳齐头发，也来不及整理头巾。

立刻拆开信封；

哦，这不是我们儿子的笔迹，但签着他的名；

哦，一个陌生人的手代我们儿子写了信——哦，受了打
击的母亲的灵魂！

她眼前的一切昏眩了——发光而漆黑——她只抓住几个
主要的字，

句子的断片——"胸部枪伤，骑兵队小规模战斗，被送
进医院，

现在不行，但立刻就会好起来的。"

四

啊，现在，我看见那孤单的形态，

在全部丰饶富裕的俄亥俄州和它的一切城市、一切田地
之中，

她面孔呈出病态的白色，头颅沉重，严重地昏厥了，

倚傍着一扇门的柱墩。

"别悲伤，亲爱的母亲，"（刚长大的女儿在啜泣中说；
小姐妹们吓作一团，不说话。）

"看，最亲爱的母亲，信上说彼得立刻就会好起来的。"

五

唉，可怜的孩子，他永远不会好起来了，（也不需要好
起来了，那勇敢而单纯的灵魂；）

当他们站在家门口的时候，他早已死了；

那独子已经死了。

但那母亲却需要好起来；

她，带着瘦削的身影，立刻穿起黑衣；

白天不吃饭——夜里又不安地睡，时常醒着，

在半夜里醒着，哭泣着，专注而深沉地渴望着。

哦，她恐怕会在无形中离开——静静地离开生命，逃避
开去，

去追随、去寻找她那死了的亲爱的儿子，去和他守在一起。

（1865 年）

有一夜我在野战场上担当奇异的守卫

有一夜我在野战场上担当奇异的守卫：

那天的白天，你——我的儿子，我的同志——在我的身边倒下了，

我只看你一眼，你也用你亲爱的眼回看了我一眼，那是我永远忘不了的；

你躺在地上，伸出手来触了一下我的手，哦，孩子啊；

后来我就奔赴战争了，那发生在傍晚的战争；

直到夜深，我才得脱身走回这地方来；

于是发现你已经这么冰冷地死了，亲爱的同志——发现你的尸体，以亲吻作答的儿子啊。（永不会再在世上这样作答了；）

我把你的面孔露在星光之下——四面是神奇的景象——温和的夜风阴凉地吹着；

这时，我就站了好久，就地守夜，让黑魃魃地围绕着我的战场向四方伸展，

奇妙的守卫和甜蜜的守卫啊，在那芬芳的静夜；

但是不流一滴泪，连一声长叹也没有——我凝望着好久，

好久；

　　然后我半斜着身子坐在地上，靠近你，手托着下颚：

　　和你——最亲爱的同志！——在一起度着甜蜜的时刻，不朽的神秘的时刻——没有一滴泪，没有一句话；

　　静寂的守卫，爱和死的守卫，对于你——我的儿子，我的战友——的守卫。

　　而高空的群星默默地向前移动了，新的星星又偷偷地向东方升起了；

　　对于你这勇敢的孩子的最后的守卫，（我不能救你啊，你死得太快了，

　　我忠实地爱你，当你活着的时候，我为你操心——我想我们一定会再相见的；）

　　守卫到夜的最后的徘徊，恰恰到黎明的出现，

　　我于是用毯子把我的同志包了，把他的形体好好地包了，

　　用毯子好好地包了，小心地裹没了头，小心地裹没了脚；

　　这时，浴着朝阳，我就在那儿把我的儿子放进了坟墓，那草草掘成的坟墓；

　　这个埋葬就结束了我的奇异的守卫——夜里的守卫，黑魆魆的野战场上的守卫；

　　对于那个以亲吻作答的孩子的守卫，（永不会再在世上这样作答了；）

　　对于这很快就阵亡了的同志的守卫——我永远忘不了的守卫：当白天亮起来的时候，

我从冰凉的地上站起，用毯子把我的战友好好地包了，
把他埋葬在：他倒下来的地方。

（1865 年）

战场上的一个景象，在灰暗的破晓

战场上的一个景象，在灰暗的破晓，

当我那么早就失眠而走出营帐来，

当我在清凉的空气中在靠近医院营帐的小路上慢慢踱着
的时候，

我看见三个形体在舁床上躺着，被搬到了那里，没人照
料，躺着，

每人身上遮着毯子，有点褐色的大羊毛毯子，

灰色的厚重的毯子，包裹着、遮盖着全身。

我好奇而驻足，静静地站着；

于是我以轻轻的手指从靠近我的第一个人面上揭开一点
毯子；

你是谁啊，如此憔悴而阴沉，披着一头变得很白了的头
发，而眼睛周围的肉全都深陷了的长者？

你是谁啊，我亲爱的同志？

然后我走近第二个——你又是谁啊，我的孩子，亲爱的？

你是谁啊？双颊上还开着鲜花的可爱的男孩？

然后到第三个——一个不是孩子也不是老人的面孔，非常平静，正如美丽的，黄而兼白的象牙做的；

年轻的人，我想我认识你——我想你的面孔就是基督他本人的面孔，

死了，然而神圣，全人类的兄弟，他又躺在这里了。

（1865 年）

当我辛苦地流浪在弗吉尼亚的树林中

当我辛苦地流浪在弗吉尼亚的树林中，

按着被我的脚踢动了的树叶的细语着的音乐拍子，（因为那时是秋天，）

我注意到在一棵树的脚边有一个战士的墓；

他一定是受了致命的创伤而被埋葬在这隐蔽的处所了，（我能够很容易地猜懂一切；）

这是我午刻的滞留，而，上前吧！别耽误了时间——且留下这个印记，

在那墓旁的树上钉了一块木板，木板上潦草地写着：

"勇敢的、谨慎的、真实的、我亲爱的同志。"

我沉思了好久，好久，然后继续我的流浪生涯；

接着来了许多富于变化的季节，和许多生命的景象；

然而有时透过富于变化的季节和景象，猛然，在孤独的时候，或者在拥挤的街上，

那无名的战士之墓在我面前出现了，那在弗吉尼亚的树

林中的简陋的碑铭出现了：

　　"勇敢的、谨慎的、真实的、我亲爱的同志。"

（1865 年）

战士的种族

战士的种族！胜利者的种族！

属于泥土的种族，准备战斗的种族！向胜利进军的种族！

（不再是轻信的种族，易于容忍的种族了；）

此后除了它自己的法律以外不用服从于任何法律的种族；

激情和暴雷雨的种族。

（1865 年）

哦，面孔晒黑了的草原上的孩子啊

哦，面孔晒黑了的草原上的孩子啊！

在你来到营中之前，来了许多受欢迎的礼物；

来了赞美和馈赠，和滋养的食物，直到最后，在补充兵中，

你来了，缄默着，没有东西给人——我们只是互相望着，

然而看啊！超乎世界上一切的礼物，你给予我了。

（1865 年）

向下看哪，美丽的月亮啊

向下看哪，美丽的月亮啊，浸洗这景象吧；
请轻轻地把夜的光轮的洪流倾泻到许多惨白的、肿胀
的、紫色的面孔上吧；
倾泻到许多撒开了双臂的死者身上和背上吧，
把你的无约束的光轮倾泻下来吧，神圣的月亮啊。

（1865 年）

哦，船长！我的船长！①

一

哦，船长！我的船长！我们的可怕的旅程已经终了，

这只船已经经历了一切风涛，我们所追求的酬报也已经得到，

港口已经靠近，我听见了钟声，人们全都在欢腾，

这时，跟踪着这坚毅的船，这勇猛的大胆的船，那许多双眼睛：

但是，哦，心啊！心啊！心啊！

哦，点点红色的血痕，

这里我的船长横卧在甲板上，

他倒下了，死得冰冷。

二

哦，船长！我的船长！起来听这钟声；

起来吧——向你，旗帜在飘扬——向你，喇叭在震颤地

---

① 这首诗是惠特曼作品中罕有的格律诗，它是为纪念林肯总统被刺而写下的。

吹响;

向你，花束和扎着缎带的花圈——向你，岸上拥挤着人群，

向你，他们呼喊，那动荡的群众，在转动他们的焦渴的

面庞:

这里，船长，亲爱的父亲!

这只手臂给你的头儿安枕!

这似乎是一个梦，在甲板上

你倒下了，死得冰冷。

三

我的船长并不回答，他的嘴唇苍白而缄默;

我的父亲并不感到我的手臂，他已经没有意志和脉搏;

这只船是安全地碇泊了，它的旅程已经终了;

从可怕的旅程归来了，这只胜利之船，带着赢来的目标:

雀跃吧，海岸;敲响吧，钟声!

但是我，带着悲哀的足音，

徘徊在卧着我的船长的甲板上，

他倒下了，死得冰冷。

（1865 年）

今天，战场静下来吧 [①]
（一八六五年五月四日）

一

今天，战场静下来吧；

战士们，让我们收拾起我们的被战争磨损了的兵器；

并且每一个人带着沉思的灵魂回去敬奠

我们的亲爱的统帅之死。

那生命的暴风雨般的斗争不再有他的份了；

也不再有他的份了：那胜利，那失败——那时间的黑暗
的事件，

追击着上前，像不尽的云朵越过天空。

二

然而歌唱吧，诗人，以我们的名义；

歌唱我们对于他的爱——因为你，战营的居住者，切实

[①] 这首诗也是为纪念林肯总统而写的。它与上一首《哦，船长！我的船长！》
同收在《林肯总统纪念诗》辑中。

地知道它。

　　当他们在那儿葬下他的灵柩的时候；

　　歌唱——当他们给他覆闭泥土的门户的时候——歌唱一
首诗吧，

　　为了战士们的沉重的心。

（1865 年）

火 炬

午夜，在西北面的海岸上，一群渔夫在站着守望；
湖，在他们面前展开，湖上有别的渔夫在用鱼叉捕捉鲑鱼；
那独木舟，一个朦胧的影子，穿越黑暗的水面而移动，
在船首上佩着一支烈焰熊熊的火炬。

（1865 年）

我听见你，庄严而可爱的风琴的鸣奏啊

我听见你，庄严而可爱的风琴的鸣奏啊，当上星期日早晨我经过教堂的时候；

秋季的风啊！——当黄昏，我在林中行走的时候，我听见你的拉长了的太息，在升上来，那么哀伤；

我听见那完美的意大利男高音，在歌剧中唱着——我听见女高音在四部合唱的中部唱着；

……我之所爱者的心啊——我也听见你，在低声喃语着，透过围着我的头的许多手腕之一；

听见你的脉搏昨夜在我耳朵底下敲着小钟，当一切都已静止的时候。

（1865 年）

我歌唱一个人的"自己"

我歌唱一个人的"自己"——一个单纯的、个别的"人";
然而说出"德谟克拉蒂克"这个词,"大众"这个词。

我歌唱从头到脚的"状貌";
不单是状貌,不单是头脑,才值得吟唱——我说完整的
"形体"更值得;
我歌唱和男性平等的"女性"。

有着充沛的热情、脉搏和力量的"生命"的人,
欢乐的——生成适于最自由的行动的,在神圣的法律之
下的人,
我歌唱这样的"现代的人"。

(1867 年)

眼　泪

眼泪！眼泪！眼泪！

在夜里，在孤独中，眼泪；

在白色的岸边滴下，滴下，吸入了沙土；

眼泪——没有一颗星在发光——全是黑暗又荒凉；

湿漉漉的眼泪从遮掩着的脸上滴下：

——哦，那魂灵是谁？——那暗中的形体，流着眼泪？

那混沌的一块，弯曲着，匍匐在那边沙土上的是什么？

流泻着眼泪——啜泣着眼泪——痛楚，被疯狂的哭喊哽塞住；

哦，暴雷雨，具体的，在升起来，在以迅疾的脚步扫过海岸！

哦，野蛮而可怕的夜之雷雨，夹着狂风！哦，噎塞而力竭！

哦，阴影，在白天是那么沉着而端庄，带着安静的容貌和有节制的步伐；

但是到了黑夜，在你逃走的时候，没有人瞧着——哦，

于是来了开放的海洋般的

　　眼泪！眼泪！眼泪！

（1867 年）

赛跑者

在平坦的路上跑着训练有素的赛跑者；

他瘦削而有筋力，两腿肌肉发达；

他的衣服很薄——他跑的时候向前俯冲，

把拳头轻握，把双臂略提。

（1867 年）

最后的祈愿

一

在最后，柔顺地，
从强力的、作为堡垒的房屋的墙壁里，
从编结着的头发的扣带中——从关得很紧的门户的坚守中，
你让我被漂去吧。

二

你让我没有声息地滑向前去吧；
用柔顺的钥匙开开了锁——用一声耳语，
把一重重门开开吧，哦，"灵魂"啊！

三

要柔顺！不要焦躁！
（你的把持是坚牢的，哦，人类的肉体啊！
你的把持是坚牢的，哦，爱！）

（1868 年）

上帝们 ①

一

"无穷"——"整体"的思想啊!
你做我的上帝吧。

二

神圣的爱者,完美的同志,
等待着,然而满足,还看不见,然而确定,
你做我的上帝吧。

三

你——你,理想的人!
正直,有才能,美丽,满足,爱一切,
体格上完整,精神上博大,
你做我的上帝吧。

① 这首诗是惠特曼的泛神论的具体的说明。

四

哦？"死"啊——（"生"已经完成它的任务了；）

天堂那巨厦的开启者和向导者！

你做我的上帝吧。

五

任何事物，任何事物，只要是最强，最好的，我看见

的，想到的，或知道的，

（哦，灵魂啊，只要是能够解放你——你这死结的，）

你做我的上帝吧。

六

或者你，固有的"大义"，无论什么时候总在行进着的；

一切伟大的思想，作为一切种族的抱负的，

一切教你欢腾、使你获得解放的东西，我的灵魂啊！

一切英雄主义，那专注的热心家们的事业，

你们都做我的上帝吧！

七

或者，时间和空间！

或者那神圣而奇妙的地球的形象！

或者我自己身上的形象——或者某一个优美的形象，我

看见就崇拜的，

或者太阳，那光辉的金轮，或者夜空的星球：

你们都做我的上帝吧。

（1870 年）

夜里，在海边

一

夜里，在海边，
站着一个小女孩，和她的父亲在一起，
注视着东方，秋季的天空。

向上，穿过黑暗，
当劫掠的云，埋葬一切的云，散布着黑色的大块，
更低的，阴沉而迅速地，斜劈下天空的时候，
在东方还剩下的一条清朗透明的光带之间，
向上升起了权威的木星，巨大而沉静；
靠近它旁边，稍高一点的地方，
泛泳着精美的七兄弟，那金牛星座。①

二

在海边，那孩子，握住了她父亲的手，

---

① 这里的"七兄弟"与本诗最后一行中的"七兄弟"在有些版本中作"七姐妹"。

向着这些丧葬而下的、胜利的、立刻吞食了一切星星的云
注视着，悄悄地哭泣了。

别哭，孩子，

别哭，亲爱的，

让我用亲吻来拭去你的眼泪；

劫掠的云不会长久胜利，

它们不会长久占有天空——只会虚幻地吞食星星：

木星会出现——忍耐些——过几天，夜里再来看——金
牛星座也会再出现，

它们是不朽的——这一切星星，不论银色的，金色的，
都会再发光，

大的星星和小的星星都会再发光——它们忍受得住；

许多巨大的不朽的恒星，许多长久忍受得住的沉思的卫
星，会再发光。

三

那么，最亲爱的孩子，你只为木星悲悼吗？

你只关心星星的被埋葬吗？

有一种东西，

（用我的唇吻抚慰你，我再向你耳语，

我给你初步的意见，问题，和暗示，）

有一种东西会比星星更加永久，

（许多丧葬，许多白天和夜晚，过去了，）

有一种东西会更长久地存在，比之于那光辉的木星，

比之于太阳，或任何绕转着的卫星，

或辉煌的七兄弟，那金牛星座。

（1871 年）

滑过一切

滑过一切，穿过一切，
穿过自然，时间，和空间，
像一只船在水上前进，
航程，属于灵魂——不单属于生命，
死亡，我将歌唱许多死亡。

（1871年）

向军旗敬礼的黑种妇人①

（对一八六四年的回忆）

一

你是谁呀，黑妇人，这么龙钟，三分像人，七分像鬼，

头上白发蓬松，缠着头巾，赤着一双脚。

你为什么向军旗致敬呀，出现在这儿路角？

二

（那是当我们的军队布阵在卡罗来纳的沙土上和松林

里的时候，

你，黑妇人啊，从你茅舍的门里冲出，来到我跟前，

那时，在刚勇的谢尔曼②将军的领导之下，我正在进军

向海岸的前线。）

---

① 这首诗与《哦，船长！我的船长！》一样，是在惠特曼的自由诗中所罕见的
一首有格律的诗。

② 威廉·特库赛·谢尔曼（William T.Sherman，1820—1891），美国内战时北方
联邦军将领，曾率军攻克亚特兰大，晋升中将（1864），任陆军总司令（1869）。

三

"我呀，先生，自从离开了爹娘，快百年了，

当我还是个小孩的时候，他们就捉住了我，像捉野兽一样；

然后那凶残的奴隶贩卖者就带我过了海，到了这地方。"

四

她不再讲下去了，但是她整天在那儿徘徊，

她摇着她那高缠着头巾的头，转动着她那蒙眬的眼睛，

对行过的军团和军旗屈膝致敬。

五

这是什么意思呀，厄运的妇人——这么老眼昏花，三分像人，七分像鬼？

你为什么摇头呀，缠着红、黄、绿三色的头巾？

是不是你所看见的或已经看见的情境是这么稀奇而惊人？

（1871 年）

双鹰的嬉戏

我在沿河的路边行走着，（我午前的散步，我的休息，）

忽听得空中有一个突发的、闷塞的声音在向上升起，那是双鹰的嬉戏，

是突进着的、相互的热情的接触，在高阔的空间，

那紧扼着的、互钩着的爪子，是一具活生生的、凶猛的、回旋着的轮子，

那四只击拍着的翼翅，两只尖喙，是紧紧地抓着的、起着旋涡的一团，

在滚动着的、旋转着的、成群的连环中，向地面直跌下来，

直到越过河面才平静了，一双，然而仍是一个整体，安静了一会儿工夫，

在空中稳静不动地并翔，然后分离，松了爪子，

再向上用慢而坚定的羽翼斜劈而去，他们各自分头飞行，

她向着她的目的物，他向着他的目的物，去分头追寻。

（1880 年）

别战士

别了，哦，战士啊！

你，在粗猛的从军的号召之下的你啊，（我们都在从军，）

那迅速的行军，那战营中的生活，

那敌对的前线上的、白热的战斗，那长久的演习，

那红色的战争，满是杀戮，那刺激，那强烈的、可怕的游戏，

那使一切勇敢而丈夫气概的心灵着魔的力，那通过你和你的同类而全被填满了的，一连串的时间

带有战争和战争的一切声色。

别了，亲爱的同志！

你的使命已经完成了——但是我，更富于战斗性的，

我自己和我这善战的灵魂，

还依旧紧系着我们自己的出征的事业，

并且穿越埋伏着一列列敌人的陌生的路，

穿越许多严重的失败和许多危机，时常被击倒，

而在这儿进军，永远在向前进军，一个决定胜负的战

争——永远，在这儿。

给予更猛烈、更强力的战争以声色。

（1871 年）

一个清澈的午夜

这是你的时辰了，哦，灵魂啊，你可以向无言之域自由飞行，

离开书本，离开艺术，抹去了的日子，结束了的课程，

你全部向前涌现着，静静地，凝视着、沉思着你最爱的主题。

夜，睡眠，还有星星。①

（1881 年）

---

① 这一行诗在 1891 年、1892 年出版的《草叶集》中作："夜，睡眠，死亡，还有星星。"

钟声的哭泣

（一八八一年九月十九日至二十日，午夜）

钟声的哭泣，突如其来的噩耗传遍各处，

酣眠者起来了，人们互递着消息，

（他们在黑暗中全都充分地知道了那信息，

全都充分地回应着，共鸣着，在他们的胸中，他们的脑子里，那悲哀的反应，）

深切的钟鸣，铿锵的声音——从城市到城市，接连着，响着，经过着，

一个国家在夜间的、那些心脏的搏动啊。

（1881 年）

赫尔曼·麦尔维尔

（Herman Melville，1819—1891）

赫尔曼·麦尔维尔是美国浪漫主义小说的重要代表，以描写航海奇遇和异国风土人情的通俗小说闻名。他出生于望族家庭，却幼年丧父，家境衰落，从小便出外谋生，从事过许多职业，积累了丰富的生活经验。1841 年，他偶然登上了捕鲸船，开始了漫长的、充满浪漫奇遇的航海生涯。

麦尔维尔的代表作是被称作"捕鲸百科全书"的长篇小说《白鲸》。

马尔代夫鲨鱼

绕着那黏液质的冷血动物：鲨鱼——

马尔代夫海里苍白的酒糊涂，

蓝色的、细长滑溜的小舟鲾

多么警觉地在四周卫护。

那锯齿形嘴的深洞，积尸骨的肠胃，

对舟鲾来说是无害的，并不可怖，

舟鲾们滑游在鲨鱼惨白的胁腹旁边，

或游过鲨鱼的戈根^①式的头部；

或潜隐在锯形巨齿围绕的港口，

在三重白色的闪闪发光的洞门深处，

在那儿找到了没有危险的安全地带，

命运的鬼门关里正好是避难的去处！

他们是朋友；舟鲾们友好地引导鲨鱼去捕掠，

但是从来不分享鲨鱼的猎物——

---

① 戈根是希腊神话中三个蛇发女怪之一，人一见其貌就化为石头。

苍白的鲨鱼，贪吃那可怕的肉食，

而眼睛和头脑近于昏聩，迟钝又冷酷。

乔治·库伯

（George Cooper，1840—1927）

乔治·库伯，生于美国纽约市，早年曾学习法律，后潜心于写作。在青少年时代，他就在一些有影响的杂志上发表诗作，如《独立》《大西洋月刊》等，引起广泛关注，受到读者欢迎。其中最广为人知的大多是为儿童写的诗作，被收入诗集《学校与家庭之歌》。他的很多诗篇被谱成歌曲，广为传唱。《只有一个亲娘》是他家喻户晓的名篇。

只有一个亲娘

无数颗星星闪耀在沉静的天上，
无数只贝壳聚集在海边沙滩上，
无数只鸟儿歌唱着飞过天边，
无数只蜜蜂在明媚的阳光下奔忙；
无数颗露珠迎着黎明闪光，
无数只蜜蜂在紫色草叶间来往，
无数只蝴蝶在草坪上飞来飞去——
但找遍全世界却只有一个亲娘。

（方谷绣　译）

尤金·费尔德

（Eugene Field，1850—1895）

尤金·费尔德，美国记者、诗人、藏书家。他为成人也为儿童写诗。他的《荷兰摇篮曲》（即《眈眈，眨眨，和瞌睡》）很受欢迎。

眏眏，眨眨，和瞌睡

眏眏，眨眨，和瞌睡在夜里
乘着木鞋去远航——
航行在水晶玻璃光河里，
驶进露水的海洋。
“你们上哪儿去？有什么意图？”
月亮婆婆问他们仨。
“我们到这儿来钓鱼，钓鲱鱼，
美丽的海是鲱鱼的家；
我们把金网银网撒！”
答话的是眏眏，眨眨，和瞌睡。

月亮婆婆笑了，唱着歌儿，
他们仨在木鞋里颠簸，
整夜吹送他们的风儿
吹起了露水的轻波。
一群群小星星都是鲱鱼
在美丽的海洋里嬉耍——

"你们的鱼网只管撒去——
我们可绝不害怕。"
星星们这样嚷，冲着渔夫仨，
他们是眄眄，眨眨，和瞌睡。
他们整夜向闪光的海洋
撒网去捕捉鲱鱼——
可木鞋随即从天上下降，
把渔夫们带回家去；
这是一次美妙的远航，
看来似乎不可能；
有人想，他们是进入了梦乡，
到美丽的天海去旅行——
我可要给三个渔夫命名，
叫你们眄眄，眨眨，和瞌睡。

眄眄和眨眨是小眼睛一双，
瞌睡是小小的头，
登天航行的木鞋是一张
小囡床，能推着走。
闭上你的眼，听妈妈歌唱，
唱出奇妙的景象，
你就能见到美丽的风光——
当你在雾海里晃荡，

旧木鞋把三个渔夫摇晃——

他们是眈眈，眨眨，和瞌睡。

罗伯特·弗罗斯特

（Robert Frost，1874—1963）

罗伯特·弗罗斯特，美国著名现代诗人，幼年时居住在新英格兰的农场，熟悉乡村生活，有"农夫诗人"之称。他的诗具有新英格兰地区的乡土气息，在质朴与自然中见出真情和哲理，无论是抒情诗还是叙事诗都通过平易的语言引发读者去思考人生真谛与自然奥秘。在形式上他的诗接近传统诗歌，形式工整、严谨。他常抒写现代人的孤独、无助和冷漠及对现代都市生活的不满，有较鲜明的现代感。主要诗作有《男孩的意愿》《波士顿以北》《林间空地》等。

雪暮林边暂驻

这林子是谁的我心里清楚，
那边村子里有他的家屋；
他不会见到我停留在此地
看他的林子被大雪盖住。

我的小马该满腹狐疑：
附近没农舍，为什么歇息
在树林和冰湖之间的地方，
在这一年中最暗的黄昏里。

他①摇了一摇颈上的铃铛，
想问问是否弄错了方向，
可除了轻风卷起的雪片
羽绒般飘落外别无声响。

林子真可爱，深邃而幽暗，

---

① 原文是"He"，把小马拟人化了。

但是我必须去实践诺言，

还得赶多少里才能安眠，

还得赶多少里才能安眠。^①

<hr>

① 全诗的韵式是 aaba bbcb ccdc dddd，柔巴依式加连环套，译文韵式依原诗。

火与冰

有人说世界将毁于烈火，
有人说毁于冰。
我对于欲望体味得够多，
所以我赞同这意见：毁于火。
但如果世界须两次沉沦，
那么对憎恨我懂得深切，
我会说，论破坏力量，冰
也同样酷烈，
足能胜任。

卡尔·桑德堡

（Carl Sandburg，1878—1967）

卡尔·桑德堡，美国著名诗人。他继承惠特曼的传统，用人民的语言，写人民的生活，被誉为"普通人民的诗人"。

19 世纪初，以芝加哥为中心形成了"芝加哥诗派"。他们信奉林肯的民主思想，诗歌无论内容、形式都受惠特曼的影响。桑德堡是这派诗人中成绩最大的一位。

桑德堡出身贫苦，少年辍学，做过许多下层工作。1914 年，他的名诗《芝加哥》首次发表。1936 年他发表最重要的诗作《是的，人民》。像惠特曼一样，他是个现代工业文明的歌颂者。他的诗粗犷、豪放，但有时也充满柔情，意境淡泊。

当铺的橱窗

当铺的店员知道什么是饥饿，
知道一个拿着长久保存的纪念品来的人，
饥饿咬噬他的心有多么狠。
这里有结婚戒指，婴儿的手镯，
领带别针，鞋扣，宝石装饰的吊袜带，
有嵌花刀柄的老式餐刀，
旧金表和旧银表，
被手指磨损的旧钱币。
它们诉说着种种故事。

雾

雾来了——
蹑着猫的细步。

它静静地弓腰
蹲着俯瞰
港湾和城市，
再向前走去。

芝加哥

面向全世界的屠宰者，

工具制造者，小麦堆积者，

铁路的弹奏者，全国货运的操纵者，

暴风雨般的，强壮的，喧嚣的城市，

宽肩膀们的城市。

他们告诉我说你是邪恶的，我相信他们，因为我看见了你的脂粉女人在煤气灯下引诱农场少年。

他们告诉我说你是不正当的，我回答说：是的，我的确见到了带枪的歹徒杀人并且毫无顾忌地再次杀人。

他们告诉我说你是残暴的，我的回答是：在妇女儿童的脸上我见到了肆无忌惮的饥饿的痕迹。

这样回答了之后，我再次转向那些轻蔑地嘲笑我的这个城市的人们，我把嘲笑回敬给他们，对他们说：

来，你们能给我举出像这样昂首高歌的，由于生气勃勃、粗犷、强壮、狡黠而如此骄傲的另一个城市吗！

这是一名高个儿的、大胆的拳击师，鲜明地站立在许多

小小的、软绵绵的城市前面，在堆积一个一个职业的苦活中抛出催眠术般的诅咒，

像一只舔着舌头搜索战斗行动的狗那样凶猛，像一个同荒野对峙着的原始人那样狡黠，

光着头颅，

挥动着铁铲，

遭受着破坏，

订立着计划，

建筑着，崩塌着，重新建筑着，

在烟雾里，尘土沾满他的嘴，露出雪白的牙齿笑着，

在命运的可怕重担下笑着，一个年轻人那样笑着，

甚至像一个从来没有吃过败仗的无知的战士那样笑着，

笑着，夸耀着他的手腕上跳动的是人民的脉搏，他的肋骨里跳动的是人民的心脏，

笑着！

笑出了青春的笑声，那暴风雨般的，强壮的，喧嚣的笑声，半裸着，流着汗，由于做了屠宰者、工具制造者、小麦堆积者、铁路的弹奏者和全国货运的操纵者而骄傲。

港 口

穿过乱挤的陋墙，
挨着门口——那里，女人们
困于饥饿魔掌影子的缠绕，
用深陷于饥饿的眼睛向外望，
从乱挤的陋墙里出来，
我突然来到，在这城市的边缘，
莅临大湖迸发的一片明蓝，
颀长的湖波在太阳下冲击着
岸沿浪花抛掷的弧线；
群鸥振翼如暴雨袭来，
无数巨大的灰色翅膀，
无数白色鸟腹翱翔，
在空阔间自由自在地转向，盘旋。

我是人民，普通老百姓

我是人民——普通老百姓——大众——群众。

你可知道世界上一切伟大的工作都是通过我去做的？

我是工人，发明家，全世界的食物和衣服的制造者。

我是历史的见证人。拿破仑们来自我，林肯们来自我。

他们死去。于是我又送出更多的拿破仑们和林肯们。

我是种子的土地。我是能承受多次耕耘的大草原。可怕的风暴在我头上卷过。我忘记。我的精华被吸取并且被浪费。我忘记。除了死亡，一切事物都向我走来，叫我工作并且叫我放弃我所有的东西。而我忘记。

有时候我咆哮，猛烈摇动我自己并且洒下几滴红色的液体让历史去牢记。然后——我忘记。

当我——人民，学会牢记，当我——人民，吸取昨天的教训并且不再忘记去年是谁抢劫了我，是谁愚弄了我的时候——于是全世界将不会再有任何说话的人在嗓音里带着任何一丁点儿讥笑或者在嘲弄中带着任何遥远的微笑来说出这个名字："人民。"

　　于是普通老百姓——大众——群众——将来到。

地 铁

下到两厢阴影的墙壁之间——
钢铁的法律坚不可摧的地方，
如饥似渴的呼声在嘲讽着。

疲惫不堪的徒步旅行者
弓着身子垂着肩膀，
把他们的笑声投入劳顿。

华莱士·斯蒂文斯

（Wallace Stevens，1879—1955）

华莱士·斯蒂文斯，美国 20 世纪有影响的现代诗人，曾当过律师，后涉足商界，但他一直没有停止过诗歌创作。这一特殊经历使他穿梭于现实和想象之间。他深感传统价值和道德的缺失在现代生活中所造成的精神和信仰危机，希望通过想象在艺术的世界中重建信仰，因而，他重视想象力的作用，并注重感官的表现功能。他的诗意象鲜明，音韵和谐，语言简洁晓畅，意境深邃，内涵深刻而朦胧，甚至让人难解其深意。

雪　人

人必须有冬日的心情
才能注意到霜，注意到
被白雪覆盖的松树枝；

人必须长期经受寒冷
才能见到挂着冰丝的杜松，
见到远方璀璨的正月阳光下

显得毛糙的云杉；才能不去想
风的声音、几片树叶的声音
蕴涵着怎样的凄楚，

那正是大地的声音，
大地上到处是同样的风，
在同样荒凉的地方

为听者吹刮，听者在雪中听着，

他自己是"无"，于是他见到
不存在的"无"和存在的"无"。

威廉·卡洛斯·威廉斯

（William Carlos Williams，1883—1963）

威廉·卡洛斯·威廉斯，美国 20 世纪的重要诗人，一生行医。他早期的诗歌具有意象派诗歌的特点，写他的直觉经验，写他所看到的事物，并让事物自身来说话。诗中的意象、色彩、声音等都产生出最为久远的情感效果。他主张用美国本土的语言来写诗，认为诗应贴近现实生活，表现客观对象的精神实质。威廉斯的诗歌与艾略特学院式的现代主义诗歌形成两种力量，他的诗歌对 20 世纪后半叶美国诗歌的影响更为深远。他的主要作品除短诗外还有长诗《裴特森》。

红色独轮手推车

东西这么多
全靠

一辆红色独轮
手推车

被雨水淋得闪闪
发亮

旁边是一群白色
小鸡

埃兹拉·庞德

（Ezra Pound，1885—1972）

  埃兹拉·庞德，美国现代主义重要诗人、批评家，意象派诗歌的主要代表。1912 年，他提出意象主义诗歌理论，认为诗歌应该纯粹客观地描写事物本身，而不要感情的泛溢和主观的评述，意象就是语言和主题。这一意象主义运动成为美国现代主义诗歌的开端。他敏锐地认识到中国古典哲学和诗歌对他诗学主张的启发性，翻译了若干中国古典诗，从中获取灵感，并积极传播儒学，使美国现代诗歌与中国文化紧密联系起来。他的主要诗作有《诗章》《毛伯利》。

在地铁站口

人群里这些脸庞幻影般涌现；
湿漉漉的黑色树枝上，多少花瓣。

爱德华·艾斯特林·肯明斯

（Edward Estlin Cummings，1894—1962）

爱德华·艾斯特林·肯明斯，美国诗人、画家，自幼深受传统文化的影响，喜爱英国浪漫主义和唯美主义诗歌，这使得他的诗在主题方面接近英国传统诗歌，讴歌大自然，赞美青春和美好的理想等，感情真挚而热烈。但是，他在诗歌形式方面却走上了叛逆的道路，追求奇特而新颖的表达技巧，在分行、用词、句法、标点、大小写等方面十分自由，甚至标新立异。这种形式上的创新有时造成特殊的审美意境和效果，令人耳目一新，但有时流于一种文字游戏，为人所诟病。

一旦上帝放弃我的身体 ①

一旦上帝放弃我的身体

从我美好的眼睛里会萌生一棵树
树上摇晃的果子

会向这绚烂的世界舞蹈
在我的曾经唱歌的双唇之间

一朵玫瑰花将孕育春光
那些为感情憔悴的少女将会

把玫瑰放在她们小小的胸脯间
在白雪覆盖下我的强有力的手指

将伸向奋发向上的鸟儿

---

① "上帝放弃我的身体"意味着死亡。此诗写诗人死后依然充满生之活力，眼睛里会萌生树木、果实，嘴唇间会绽放玫瑰，孕育春光，白雪下坟墓里的手指会伸向奋发昂扬的鸟儿，而诗人的心始终如海浪般永动不息，意味着永生。

我的爱人行走在草地上

鸟儿的翅膀将拂触她的面庞
我的心啊将自始至终

跟大海的浪涛一同起伏不息

吉恩·吐默

（Jean Toomer，1894—1967）

吉恩·吐默，美国诗人，一生只出过一本包括诗和散文的集子《甘蔗》，开始只有少数人喜欢，在他逝世那年再版后受到广大读者欢迎。

蜂 箱

今晚在黑色的蜂箱内
集结着无数蜜蜂；
蜜蜂在月亮里外进进出出，
蜜蜂逃出了月亮，
蜜蜂穿过月亮回来，
银色的蜜蜂闹哄哄地嗡嗡叫，
银色的蜂蜜从成群的蜜蜂身上滴下；
大地是地球蜂房的蜡制巢室，
而我，一只雄蜂，
仰天躺着，
吮着蜂蜜，
喝着银色的蜂蜜醉了，
我愿穿过月亮冲出去
永远绕着远方农庄的花朵飞翔。

（方谷绣、屠岸译）

迈克尔·高尔德

（Michael Gold，1896—1967）

迈克尔·高尔德，美国著名作家、诗人。他出生于贫苦的犹太人家庭，从事过各种下层的职业。20岁开始进行文学创作，为进步刊物写稿。他曾担任《群众》《新群众》杂志的编辑、主编。他抨击美国资本主义，积极参加工人运动。他的作品对美国进步文学有巨大影响。主要作品有长篇小说《没有钱的犹太人》、剧本《战斗之歌》等。他的诗《布拉多克城的古怪葬仪》写炼钢工人在一场事故中遭受的灾难，对社会发出强烈抗议，发表后引起巨大的反响。

布拉多克城的古怪葬仪

来倾听这古怪葬仪中的哀伤的鼓声吧。

来倾听这古怪的、美国式的丧葬的故事吧。

在宾夕法尼亚州，布拉多克城，

那儿有炼钢厂像吞食人和天空和土地的、喷着火的恶龙一样。

现在正是春天。现在春天已经流浪到这里，有如一个初到吃人的钢的土地上而受惊的孩子。

而耶恩·克列柏克，那高大的阔笑着的波希米亚人，正在清早六点钟赶路去上工，

他看见河对面山上长出鲜亮的草芽，李树上挂满了野生的白花。

当他到了那硫黄湖边的恶魔——熔钢槽那儿，半裸着身子工作的时候，

李树安慰着他的心，

对绿草的记忆也回来安慰着他的心，

他忘了应该跟钢铁一样严格，而只回忆着他妻子的胸

膛，他的孩子的轻柔的笑声，以及喝醉了酒而快活的人们唱歌的样子。

他回忆着牛羊，阔笑的农民，和充满阳光的波希米亚的田野和村庄。

来倾听这古怪葬仪中的哀伤的鼓声吧。
来倾听这古怪的、美国式的丧葬的故事吧。

醒来啊，醒来！耶恩·克列柏克，熔铁炉像猛虎一样正在咆哮，烈焰像一只被关在笼子里的疯狂的黄色老虎，正在把自己向高高的屋顶投掷。

醒来啊！十点钟到了，下一炉疯狂的流动的钢就得倒向你的熔钢槽里去。

醒来啊！醒来！因为在一群恶魔般的盛钢水的大桶中的一只大桶下，一根有裂痕的杠杆已经在作坼裂之声了。

醒来啊！醒来！现在那杠杆已经断了，而钢水正如一个逃跑的疯子般愤怒地滚下地面来了。

醒来吧！哦，梦已经完结，钢已经把你永远吞食了，耶恩·克列柏克！

来倾听这古怪葬仪中的哀伤的鼓声吧。
来倾听这古怪的、美国式的丧葬的故事吧。

现在，耶恩·克列柏克的骨、肉、神经、筋、脑子、心脏，全被三吨钢紧抱在核心了。

三吨钢，同时紧抱住对于绿草、牛羊、李树、孩子的笑，以及充满阳光的波希米亚村庄这些东西的回忆。

炼钢厂的董事们就把一具伟大的钢棺和对丈夫的回忆赠送给耶恩·克列柏克的遗孀，

现在，那钢棺载在一辆载重卡车上被带到坟地里的巨大的墓穴旁边，

在那块包裹着耶恩·克列柏克的钢的后面，耶恩·克列柏克的遗孀和两个朋友坐在一辆马车里跟着，

他们在车窗里面哭泣，哀悼那被严酷的钢所杀死的温和的人。

来倾听这古怪葬仪中的哀伤的鼓声吧。

来倾听这古怪的、美国式的丧葬的故事吧。

现在，三个人在坟地里想着古怪的念头。

"哦，我要去喝酒并且永远醉着，我将永远不跟女人结婚，不做会欢笑的孩子们的父亲，

我要忘掉一切，从今天起我把一切都看破了，

生命是一个无聊的玩笑，像耶恩·克列柏克的丧葬一样！"

那两个朋友中有一个这样想着，在这芬芳的坟地里，

而一架起重机正在把那包裹着耶恩·克列柏克的三吨钢吊下坟坑。

（来倾听这古怪的、美国式的葬仪中的鼓声吧！）

"我愿意给人家洗衣、擦地板，我愿意当五角钱就可以成交的娼妓，但永远不让我的孩子到炼钢厂去做工！"

　　耶恩·克列柏克的遗孀这样想着，而泥土已经被铲着盖上了那具巨大的钢棺，

　　在春天的阳光下，在温和的四月风中。

　　（来倾听这古怪的、美国式的葬仪中的鼓声吧！）

　　"我要使自己坚强，比钢更坚强，

　　我总有一天要到这儿来从耶恩的躯体中制造出子弹，用这子弹去射穿暴君的心窝！"

　　另一个朋友这样想着——这位倾听者，

　　他倾听着这古怪葬仪中的哀伤的鼓声，

　　他倾听着这古怪的、美国式的丧葬的故事，

　　于是回转身来，像断了杠杆的、恶魔般的钢水包一样愤怒。

　　来倾听这古怪葬仪中的哀伤的鼓声吧。

　　来倾听这古怪的、美国式的丧葬的故事吧。

第三度 [1]

五个结棍的特务在号房里逼着一个犯人。

凭上帝哪，他们真相信自己有办法会叫犯人说出来！

他们瞎了眼似的你挤我，我撞你，像关在牛车里的疯狂的、口渴的牡牛，

他们等不及，黑暗的号房对于他们是不够宽敞的，

笨重的衣服妨碍了他们，白衣领子箍紧了他们，

他们咆哮、冒汗、诅咒，同时，他们的棍子 [2] 举起又落下——

五个结棍的特务在号房里逼着一个犯人。

特务拼命把那个犯人的手扭到背后去，扭到骨头都快折断了，

他们用棍子捣烂了他的太阳穴，他们踢断了他的第四根肋骨。

他们在他的背脊上践踏，把他的嘴巴打成血淋淋的软浆。

---

[1] "第三度"是直译原文 Third Degree，是美国俚语，指美国警察逼犯人招供时对犯人所施之酷刑。它暗示"第一度"为劝告，"第二度"为警告，"第三度"即肉刑。

[2] 棍子，原文为 blackjack，是美国警察专门用以打犯人的短而重的棍子，常用铅制。

他们打瞎了他的眼睛，打塌了他的鼻梁，

五个结棍的特务在号房里逼着一个犯人，

凭上帝哪！他们一定有办法叫他说出来。

月亮，像一个洁白的无辜者，闯了进来，又消失了，她知道没有人需要她。

一辆出租汽车在头顶上的街道上①驶过，附带着一个醉酒女郎对她的男朋友的笑声。

一名卫兵带着钥匙串晃郎晃郎地响过走廊，煤气灯发出寂寞的细微的唑唑的声音。

牢狱里一个个犯人回想到自己的茅舍，做着重回家屋的梦，而同时，有五个结棍的特务在号房里跟一个犯人争论，他们对犯人说，凭上帝哪，他一定得说出来。

哦，铅制的棍子在催逼犯人说出来，铁硬的靴子，带粗毛的大栗暴也在催逼。而他自己的猛撞的心也在狂叫着要自己说出来。

而他的流血的躯体正像一个被老鼠咬了的婴儿似的哭泣着，说出来呀！

而他的脑袋在悲愤和绝望中爆裂了，说出来呀，说出来呀！

而他的血液呜咽了！你的妻子在等你呀，只要你说出来就行啊。

---

① 这里的号房是地下室。

而整个世界用百万种野蛮的声音在他的耳朵里吼叫，哦，耶稣啊，人哪！说出来呀！

但是犯人决不说出来。

那是城市中一个平静的夜晚。

有男男女女懒懒地走过夏天的炎热的马路。

警察们在各个角落里的街灯下逍遥，恍惚地摇动着他们的警棍。

牧师们正在书斋里考虑怎样讲道，市长正在屋顶花园里喝柠檬水。

法官们度过了法庭上令人激怒的一天，正在对妻子们朗诵诗歌。

爱人们并肩坐在黑暗的电影院里，当他们的身体互相接触的时候，他们的血液沸腾了起来。

母亲们把婴儿放上了床，父亲们在抽他们的葫芦烟斗。

有几百万个家庭是这么平静，静到时钟滴答声充满在这些家庭里。

而这里却有五个结棍的特务在号房里逼着一个犯人，

而他们真相信，凭上帝哪，他们真相信自己有办法会叫他说出来。

棍子举起又落下，铁鞋跟踏在犯人的脸上。

特务们扯下了皱成一团的衣领子，高声叹气，像爱人们在销魂的时候叹口气一样。

犯人闭一会儿眼睛，看见百万颗星星旋转在痛苦的宇宙中，他咬紧自己的裂开了的、肿胀的嘴唇，使自己不能把话说出来，他用沉默的心祈祷：但愿这个他所憎恨的世界永远不能使他说出来。

但愿那在号房里威逼他的五个特务永远、永远没法叫他说出来。

朗斯顿·休斯

（Langston Hughes，1902—1967）

朗斯顿·休斯，美国 20 世纪著名的黑人诗人，"哈莱姆文艺复兴"的主要作家。他将纽约的黑人居住区哈莱姆作为自己描绘的对象，把那里的黑人作家引入文学界，引发了美国黑人文学的崛起。他有强烈的民族意识，诗作描写挣扎于社会底层的黑人的生活，表达对美好理想的追求和对种族歧视的抗议。诗风幽默而富于智慧，语言流畅，节奏鲜明，融合了布鲁斯与爵士乐的精神和黑人民歌风格，极具特色。《黑人谈河流》是他的成名作。有诗集《疲倦的布鲁斯》等。

黑人谈河流

我懂得河流，
我懂得河流同这个世界一样古老，
比人类脉管里人血的流动
更古老。

我的灵魂变得同河流一样深沉。

我沐浴在幼发拉底河里，当黎明
初生的时候。
我建造茅屋在刚果河边，河水潺潺
为我唱催眠曲。
我把目光投向尼罗河，我把金字塔
竖起在尼罗河之上。
我听见密西西比河歌唱，当
亚伯·林肯向新奥尔良走去时，
我见到这条河混浊的胸脯
在夕阳下金光闪闪。

我懂得河流：

古老的，暗褐的河流。

我的灵魂变得同河流一样深沉。

奥格登·纳什

（Ogden Nash，1902—1971）

　　奥格登·纳什，美国的多产、通俗、幽默诗人。他从事过各种职业，包括广告业、出版业，后来到《纽约人》杂志编辑部工作。1931 年出版第一本诗集。从 1935 年起，他把全部时间和精力投入写作事业。他的通俗诗有三个特点：一是对资本主义社会的讽刺与批评；二是令人笑痛肚皮的幽默；三是创造了一种新奇的节奏和押韵法。这里选译的一首，鞭挞了资产阶级银行家，有助于我们对资本主义的了解。

银行家跟任何人一样，就是多点钱罢了

　　我这支歌，要来歌颂银行，

　　因为银行里多的是钱，你跑进去，耳朵里就全是叮叮当当的洋钱响，

　　或者也会听得好像一阵风卷过山上的树林，

　　那正是千万张钞票——人们数钞票的声音。

　　银行家大多数居住在大理石造的大厦里面，

　　他们能够住进去，就因为他们怂恿人家存款，讨厌人家提款，

　　尤其因为他们全体遵守一条规律，银行家要是忘了这条规律就准完蛋，

　　那规律是：千万别借一个子儿给随便什么人，除非那个人并不需要什么钱。

　　你们一家家谨慎而又保守的银行啊，我了解你们！

　　假如有人因为付不出房租而烦恼，那，你们就得对他拒绝五分钱的借款，是的，就连一个铜板，那刻着已故南西·汉克斯的殉了国的儿子①的像的铜板，也不能借给他，

――――――――――――

① 南西·汉克斯（Nancy Hanks）之子指林肯。

这是你们的责任；

是啊，假如有人为了婴儿的需要，来商借五十块钱，你们就得虎视着他，像泰山①在森林里虎视着大模大样的猿猴那样，

还对他说，别把银行当作什么的，要钱嘛，还是向老婆的大叔或大婶去讨比较有指望。

不过，假如来了另一位，他有了一百万块钱，现在需要再来个一百万，来堆在上头，

那么，你们的那种人性的温柔就像牛奶冒出了杯口，要请那位先生务必喝到一滴也不留。

你们马上借他一百万，于是他有了两百万，这一来，他就想最好能有个四百万的数目，

那么，他既然有了两百万块钱作保证，你们再借他两百万，就毫不踌躇，

你们所有的襄理，协理，全都点头，点得那么有节奏，

什么都没问题，唯一的问题是："借款人需要我们把钱送去呢，还是他们亲自来取走？"

不过，别以为我对银行有什么成见，

我认为银行值得我们尊敬，我们感恩匪浅，

因为银行对大众做了一件功德事：它消灭了一批到处哇啦哇啦叫"健康跟愉快顶要紧，钱算什么"的笨牛，

---

① 泰山（Tarzan），美国埃德加·赖斯·巴若斯（Edgar Rice Burroughs，1875—1950）的系列长篇小说《人猿泰山》中的主要人物，曾多次被搬上银幕。"泰山"系音译，与中国的东岳泰山无关。

因为等到那些笨牛想要借几个无足轻重的小钱来维持他们的"健康跟愉快"的时候，他们已经饿死了，因此就不能再到处哇啦哇啦地叫着瞧不起那了不起的钱老爷了，钱哪，上帝保佑！

西奥多·罗斯克

（Theodore Roethke，1908—1963）

西奥多·罗斯克，美国20世纪上半叶享有盛誉的诗人。父亲是花农，他从小在花房里劳作。花卉鸣禽常在他的诗中出现，温室的意象也成为某种象征。大学毕业后他在大学任教，讲授诗歌。他天性敏感、内向，诗歌常探索心灵的奥秘。诗风诙谐幽默而机智，有浓厚的抒情意味。重要的作品《失落的儿子》追述了他少年时代心灵成长的历程，探索自我与人生的价值。其他作品还有《说给风听》《觉醒》《远方的土地》等，曾获波林根奖、全国图书奖、普利策奖。

插　枝

黏着的瞌睡中，垂向糖一般的沃土，
它们那缠结的茎毛在干枯；
但娇嫩的枝条始终把水分诱上来，
微小的细胞膨胀着。

正在生长的一小节
把沙土的碎屑推得松动起来，
穿过发霉的茎衣
伸出了苍白的卷须般的触角。

插　枝
（续篇）

干燥的枝条这样地冲动，搏斗，复活，
被切割的梗坚决奋进，
怎样的圣徒啊，如此努力，
从剪断的肢体上伸展向新的生命？

我能听见，在地下，那吸吮和啜泣，
在我的脉管里，在我的骨头里我感觉到它——
细细的水分向上渗透，
密集的土粒终于分开，
当新芽爆裂
像鱼那样滑动的时候，
我胆怯，靠向开端，茎衣全湿。

伊丽莎白·毕夏普

（Elizabeth Bishop，1911—1979）

伊丽莎白·毕夏普，美国 20 世纪非常重要和有影响力的诗人之一，1949 年到 1950 年美国的桂冠诗人，曾获普利策奖与美国国家图书奖之诗歌奖。诗集《北与南》（1946）使她一举成名，诗集《旅行的问题》（1965）与《诗歌全集》（1969）牢固地奠定了她作为杰出诗人的地位。

鱼

我捕获一条极棒的鱼，
把他系在船舷，
一半露出水面，用鱼钩
把他的嘴角钩紧，
他没有挣扎，
他一点也没有反抗。
他沉甸甸地挂着，在抱怨，
受了伤，依然是庄严的，
质朴的。这里，那里，
他的棕色表皮，一条一条的，
像旧时糊墙的花纸：
那调子是深褐色的；
就像糊墙的花纸：
上面的花样像是盛开的玫瑰，
天长日久，污染了，漫漶了。
他身上沾满甲壳动物，
精巧的石灰质玫瑰花结，
并且沾染上多少

小小的白色海虱，
他身子下面悬浮着两三根
破布条似的绿色水草。
他的鳃在非常
糟糕的氧气中呼吸着
——那骇人的鳃，
鲜活，脆薄，带着血，
可以被歪斜地切割——
我想到那粗质的白肉
紧挤在一起，像羽毛，
大大小小的骨头，
他那些发亮的内脏上面
令人惊奇的红斑和黑斑，
还有那粉红色的鱼鳔
像一朵大牡丹。
我凝视他的眼睛，往里看，
他的眼睛比我的眼睛大得多，
但比较浅，又泛黄，
其中的虹膜由失去光泽的
锡箔支撑、包裹着，
这通过划伤的陈旧鱼胶，
透镜似的，可以看到。
他的眼睛稍稍移动，
但没有回应我的注视。

——似乎更像是

一个物件向亮光倾斜。

我赞赏他阴沉的面容，

他的下颌的结构，

接着，我看见，

在他的下唇

——如果你能称它为唇——

在那阴森、潮湿、武器般的下唇，

挂着五条钓线，或者说

四条线加一根带头的金属丝

连带着一个转体，

连带着五个大钩子

紧紧地长在他的嘴里。

一条绿线，带着他挣脱时

留下的断头，两根粗线，

一条纤细的黑线，当他

咔嚓一声使劲拉断时，

黑线便卷曲起来。

像是装饰着缎带的奖章，

磨损了，晃动着，就是那蓄着

五根纤毛的智慧的胡须

从他的痛苦的下颌垂下来。

我凝视着，凝视着，

胜利的感觉充盈在

这只租来的小船里，

在底舱的一摊水上，

漏油散开成一条彩虹，

绕着生锈的机器，

绕着生锈的橙色戽斗，

绕着太阳晒裂的小船座板，

绕着挂在带子上的桨叉，

绕着船舷——直到一切

都成了彩虹，彩虹，彩虹！

我把鱼放走了。

阿伦·金斯堡

（Allen Ginsberg，1926—1997）

阿伦·金斯堡，美国20世纪的重要诗人、"垮掉的一代"的代表人物，代表作为诗歌《嚎叫》，作为一首诗和一部作品，《嚎叫》可以同艾略特的《荒原》相提并论，成为金斯堡和他的同时代人的里程碑。

致姑妈茹丝

姑妈茹丝——此刻——我可以看你吗

你面庞瘦削，一口龅牙，微笑着，由于风湿病

而痛苦不堪——你那瘦骨嶙峋的左腿

穿着一只沉重的黑色长靴

一瘸一拐地走在纽沃克长厅的跑道地毯上

走过黑色平台式大钢琴

在活动室里——

此地曾开过舞会

我在那里唱过表示效忠的西班牙歌曲

用尖厉的高嗓音唱着

（歇斯底里的）委员会成员们倾听着

而你一瘸一拐地绕着房间走过去

接取金钱——

姑妈亨妮，大叔山姆，一个陌生人把一只空臂袖子

塞进口袋里

还有亚伯拉罕·林肯志愿队 ① 的

年轻人放大的秃顶头

——你那哀戚的瘦长的面孔

你因性的挫败而流的眼泪

（使得啜泣窒息、骨瘦的臀部透不过气

在奥斯本平房的枕头底下）

——那时候我赤裸着身子站在盥洗室坐具上

你把"卡洛敏"药粉搽在我的大腿上

用来抵抗气根毒藤的侵入——我这柔软的

蒙羞的最初长出的黑色卷毛

正是那时你心中隐秘地想着的

知道我已经成长为一个男人——

而现在我是在家庭沉默中的无知女孩，在我大腿的

窄细的底座上，在浴室里——纽沃克博物馆。

姑妈茹丝

希特勒已死，希特勒已进入无穷；希特勒现在

跟帖木儿和艾米莉·勃朗特在一起 ②

---

① "亚伯拉罕·林肯志愿队"由一群美国志愿者组成，参加了西班牙内战（1936—
1939）。他们以及其他国家的志愿者成立国际纵队，与西班牙共和政府的军队一起，
抗击由德、意法西斯支持的佛朗哥叛军。后者战胜，致使佛朗哥（1892—1975）
在西班牙实行独裁统治36年。
② 帖木儿（1336—1405），14世纪蒙古可汗，自称成吉思汗继承者，创建帖木
儿帝国。艾米莉·勃朗特（1818—1848），勃朗特三姐妹之一，英国小说家和诗人，
小说《呼啸山庄》的作者。

虽然我看见你仍然在走着，奥斯本平房里的鬼魂，

在黑暗的长厅里走向前门

有点蹒跚，带着憔悴的笑容

穿着必定要穿的丝质

花卉衣裳

来欢迎我的父亲，一位诗人，他来访问纽沃克

——看见你莅临客厅

用你的瘸腿舞蹈着

鼓着掌。他的书

已经被里佛莱特①接受

希特勒死了。里佛莱特离开了工作

《过去的阁楼》和《永恒的时刻》已经绝版

哈利大叔卖掉了他最后的丝袜

克雷尔退出启蒙舞蹈学校

"布芭"②坐在起皱的墓碑上，在

老奶奶们家里，对新生的婴儿眨眼睛

我最后一次见到你是医院里

苍白的颅骨从灰白的皮肤下伸出

现出蓝色脉管、失去知觉的女孩

在给病人输氧的氧幕中

---

① 贺瑞斯·布里斯宾·里佛莱特（Horace B. Liveright, 1883—1933），美国出版商，其公司出版过大量著名作家的作品，如 T.S.艾略特、德莱塞、海明威、福克纳等。

② "布芭"是音译，原为依地语（犹太人使用的国际语）"祖母"。

西班牙内战早已结束

姑妈茹丝

1958 年，巴黎

罗伯特·布莱

（Robert Bly，1926—）

　　罗伯特·布莱，美国 20 世纪中后期的重要诗人，"深度意象派"的代表诗人之一，曾获美国国家图书奖。主要诗集有《身体周围的光》（1967）、《从两个世界爱一个女人》（1985）等。他是中国古典诗歌的推崇者，崇尚神秘与自然之美。诗歌关注孤独、黑暗、寂静、与世隔绝的世界。

从沉睡中醒来

海军从静脉里起程，
小型爆破在海平线上，
海鸥在含盐血液的风中摇晃着飞行。

这正在早晨。村庄睡足了整个冬天。
窗边座位上堆满了毛皮衣物，院子里到处是
决不让步的狗以及笨拙地拿着厚重书本的手。

此刻我们醒来，从床上起身，吃早餐！——
从血的港口响起了呐喊声，
雾，桅杆升起，阳光下木质器具的敲击。

于是我们歌唱，在厨房地板上跳小型舞蹈。
我们整个这一群像是清晨的港口；
我们知道我们的主人已经离开我们去了白昼。

约翰·阿希伯利

（John Ashbery，1927— ）

  约翰·阿希伯利，美国 20 世纪的重要诗人，曾获美国几乎所有主要诗歌奖项，诗集《凸镜中的自画像》获普利策奖、美国国家图书奖、美国国家图书评论奖三项大奖。

画　家

他坐在大海和房屋之间，
描绘大海的肖像，从中得到乐趣。
但是当孩子们想象着一声祈祷
不过是一片沉默时，他期盼他的题材
猛冲沙滩，同时，他抓住画笔，
把海的肖像涂抹在画布上。

他的画布上未曾有过任何颜料
直到那些住在房屋里的人们
促使他工作："试试，运用那支画笔
作为终极的手段。选择，追求一种肖像，
不那么狂暴而又巨大的东西，另外的题材
对画家的心态来说，也许是，一声祈祷。"

他怎能对那些人解释他的祈祷是
但愿大自然而非艺术来夺取他的画布？
他挑选他的妻子来做新的题材，
使她变得巨大，像破败的房屋，

仿佛是，那肖像忘记了自己，
表达了自己而不用画笔。

稍稍受到鼓励，他让画笔
蘸了海水，喃喃地说出衷心的祈祷：
"我的灵魂啊！当我描绘这第二幅肖像时，
但愿这肖像就是你，你把画布损毁了。"
消息散布开来像野火穿过房屋：
他已经回到海边去追求他的题材。

想想看，一个画家被他的题材钉上十字架！
他筋疲力尽，几乎拿不起画笔来，
他惹火了一些美术家，他们从房屋里探身出来，
恶意地笑说："我们没有祷告
要求把自己放到画布上去，或者，
叫大海坐下来让人画一幅肖像！"

别的人宣称那是一幅自画像。
终于，这一题材的全部征兆
开始褪色，给画布留下了
纯粹的白色。他放下画笔。
顿时一声长嚎，同时也是一声祈祷
从过分拥挤的房屋间升起。

他们将房屋中最高的一座扔给他，那肖像：

大海吞噬了画布和画笔，

仿佛他的题材已决定成为一声祈祷。

西尔维亚·普拉斯

（Sylvia Plath，1932—1963）

西尔维亚·普拉斯，美国 20 世纪中期重要的诗人和小说家，自白派诗人，第一位去世后获普利策奖的诗人。1956 年与诗人泰德·休斯结婚。代表作有诗集《巨人》（1960）和《爱丽儿》（1965）。

爱丽儿 ①

黑暗中的静态。
然后无物质的蓝
倾倒山石和距离。

上帝的母狮，
我们怎样养活一只，
脚跟和膝盖的支点！——褶皱

裂开并移动，是我
无法抓住的脖子上
棕色弧线的姐妹。

黑人眼睛
草莓投出暗黑的
钩子——

---

① 爱丽儿是作者普拉斯经常骑的一匹马的名字，同时也是莎士比亚剧作《暴风雨》
中的小精灵的名字。

满满一嘴黑色甜味的血，

影子。

一些别的东西。

强拉我穿过空气——

大腿，头发；

从我脚跟飞过雪片。

纯白的

戈迪娃，我不剥去 ①

已死的手、已死的严格规则的皮。

这样子我

起泡沫成为小麦，大海的闪光。

孩子的哭声。

在墙壁里融化。

而我

是箭矢。

飞逝的露珠

---

① 据英国传说，戈迪娃夫人（约 1010—1067）为了减轻老百姓的赋税，答应她
丈夫（当地领主）的条件，裸体骑马经过考文垂全城的街道。

自杀性的，同驾驭一致
进入红色的
眼睛，那早晨的大锅。